堂吉訶德

（西班牙） 塞萬提斯 著　屠孟超 譯

商務印書館

堂吉訶德

著　　者：[西班牙] 塞萬提斯

譯　　者：屠孟超

插　　畫：張曉帆（Chloe）

責任編輯：謝江艷

出　　版：商務印書館 (香港) 有限公司

　　　　　香港筲箕灣耀興道 3 號東滙廣場 8 樓

　　　　　http://www.commercialpress.com.hk

發　　行：香港聯合書刊物流有限公司

　　　　　香港新界大埔汀麗路 36 號中華商務印刷大廈 3 字樓

印　　刷：中華商務彩色印刷有限公司

　　　　　香港新界大埔汀麗路 36 號中華商務印刷大廈

版　　次：2009 年 3 月第 1 版第 1 次印刷

　　　　　© 2009 商務印書館 (香港) 有限公司

　　　　　ISBN 978 962 07 4439 6

　　　　　Printed in Hong Kong

版權所有，不准以任何方式，在世界任何地區，以中文或其他文字翻印、仿製或轉載本書圖版和文字之一部分或全部。

本書之中譯原文由譯林出版社授權商務印書館 (香港) 有限公司出版繁體字版。

目 錄

騎士終結者 —— 塞萬提斯

　　在西班牙惟一以國家名字命名的廣場正中央，巍然轟立着一座紀念碑。碑主"塞萬提斯"右手握着書卷，和他筆下的著名人物——"堂吉訶德"、"桑丘"，齊聚碑下，作為"西班牙最偉大的文學巨匠"、"西班牙的驕傲"，接受世人的瞻仰。這是塞萬提斯和他同時代的人萬萬沒有想到的。

　　塞萬提斯於 1547 年生於西班牙阿爾卡拉・德・埃納雷斯，幼年時跟隨愛好唱寫歌謠的醫生父親奔波於幾個大城市之間，過着動盪的生活，僅受過中學教育。

　　塞萬提斯尤其愛好文學，為了能接觸世界經典名著，23 歲的他輾轉來到意大利，做了紅衣主教胡利奧的家臣，得以閱讀家主豐富的藏書，接觸不少意大利文學人士，從而受到文藝復興時期人文主義思潮的影響。

　　1570 年，塞萬提斯在意大利參軍，並在著名的勒班多大海戰中榮獲"勒班多的獨臂人"之稱。但他並沒有因左手致殘就選擇退役，而是又過了四年出生入死的軍旅生活，才滿載榮譽而歸。然而，正當他憧憬回國後的新生活時，他卻被海盜擄到阿爾及利亞做了奴隸，直到 1580 年才被親友籌資贖回。

　　回國後的塞萬提斯沒有得到一個英雄應有的待遇，而是終日為生活奔忙。他一邊在政府裏當小職員，一邊拼命地著書掙錢，但無論是詩歌、戲劇，還是田園牧歌體小説，都沒能引起大的反響，直到 1605 年《堂吉訶德》出版。《堂吉訶德》一面世，立刻風靡全國，不僅當年再版六次，而且被譯成各種文字，廣為流傳。然而，即使是這樣，塞萬提斯也沒能擺脱貧困和坎坷的命運，直到 1616 年在馬德里病逝。在當時人眼裏，他始終只是一個平庸的詩人，不入流的小説家，平凡到今天人們都找不到他的墳塋。

　　《堂吉訶德》是作者為批判荒誕無稽的騎士文學而寫的"騎士歷險"小説；該書出版後，騎士文學真的"奇跡般地銷聲匿跡了"，西班牙也真的"再無騎士"了。然而，它的影響卻遠不止於此，書中展現了廣闊的社會畫面，揭示了當時貴族統治下的社會矛盾，塑造了堂吉訶德和桑丘這樣一對令人捧腹、深思的世界經典人物形象。如此種種，讓它的作者塞萬提斯死後蜚聲世界文壇，被狄更斯、福樓拜、托爾斯泰等文學大家稱為"現代小説之父"。

1. 出門做遊俠

不久前，在拉曼郤的一個村莊（村名我不想提了），住着一個紳士。他和同類的紳士一樣，矛架上常插着一根長矛，有一面古舊的盾牌，還有一匹瘦馬和一隻獵犬。這紳士家鍋裏煮的常常不是羊肉，而是牛肉[①]；晚餐經常是碎肉加葱頭的涼拌菜；星期六吃雞蛋和炸肉條，星期五吃濱豆；星期天加餐，添隻野雛鴿。這樣，花去了一年三成的收入。其餘的錢財用來置辦過年過節穿用的細毛呢外套、天鵝絨褲子和天鵝絨平底鞋。平時他穿普通粗呢製的服裝。紳士家有個四十多歲的女管家，一個不到二十歲的外甥女，另外，還有一個能幹雜活、能上街採購的小廝，紳士出門時替他套馬，平時在花園裏鋤草，修剪樹木的枝條。我們這位紳士已年近五旬，身子骨還相當結實，身材瘦削，面貌清癯，平時喜歡早起，還愛狩獵。他名叫吉哈諾，又有人說他叫蓋薩達，説法不一，但據考證，他應該是姓蓋哈納。

這紳士一年中大部分時間都閒着無事，他就全部用來讀騎士小説。他讀得津津有味，興致很濃，幾乎完全忘記了行獵，也沒有心思去經營自己的莊園產業。他越讀越有興趣，最後入了迷，賣

---

① 西班牙當時羊肉比牛肉貴。

掉了許多法內格①耕地，用來購買騎士書供自己閱讀。他將能買到的騎士小說全買來了。

這紳士整天埋頭看騎士小說，夜夜秉燭達旦，白天看到黃昏，廢寢忘食，勞心傷神，最後，終於失去了理智。他頭腦中裝的全都是書中讀到的怪事，甚麼着魔中邪呀，打鬧鬥毆呀，決鬥比武呀，傷殘呀，打情罵俏呀，談情說愛呀等等。在他看來，這一個個胡亂編織的故事，都是千真萬確的，是世界上最真實的信史。

失去理性後，他頭腦中忽然浮現了一個連全世界的瘋子也從來沒有過的奇怪的念頭：他要去做遊俠騎士，全身披掛，手持武器，騎着駿馬，周遊世界，行俠冒險，將書中讀到過的遊俠騎士們做過的事情，他也做一遍。他認為：這樣做一來可為自己揚名，二來可為國家出力。他要像書中的那些騎士那樣甘冒一切風險，消除種種暴行，建功立業，名垂史冊。這可憐的紳士幻想憑自己雙臂的力氣，顯身成名，少說也得當個特拉比松達國的皇帝。他打着這樣的如意算盤，心裏樂滋滋的，總想儘快實現自己的心願。他做的第一件事是擦洗他曾祖遺留下來的那套盔甲。這套盔甲一直丟在牆角落裏，總有一個多世紀了。早已鏽跡斑斑，還散發出一陣陣霉味兒。他想方設法對這套甲冑進行洗刷、修整。這時，他發現了一個大問題，那頭盔很淺，是個頂盔，只能護住額頭，護不住臉面。他開動腦筋想了個辦法。他拿來一張馬糞紙，做了個面甲，嵌在那個頂盔上，看起來就像個深頭盔了。他想試試這頭盔是

● 9

---

① 西班牙地積單位，一法內格約合六千六百平方米。

不是堅固，經不經得起刀砍劍劈，便抽出佩劍，準備砍它兩下，誰知一劍下去，這一星期的心血全都化為烏有。眼見自己做的這隻面甲這麼輕易地劈爛了，心裏實在覺得懊惱。他又做了一個。為了避免再次被劈碎，他這次在硬紙片做的面甲裏襯了幾根細鐵條，進行加固。他認為這樣夠堅固了，就不想再進行檢驗了。他自己認為，這是一個十分精緻的帶面甲的頭盔。

　　他接着考慮自己的馬。他這匹馬蹄子上的裂口比一個里亞爾①兌換的小硬幣還多，身上的毛病比戈納拉②的那匹馬還多。可是，我們這位紳士卻認為，連亞歷山大的布塞法羅和熙德的巴維埃卡都難以和牠比美。為了給自己的馬起個名字，他整整花了四天時間。他認為：像自己這樣聲名顯赫的優秀騎士，這馬本身又是一匹良駒，不給起個響當當的名字是情理難容的。他挖空心思，想起這樣一個名字：它既能表明馬在主人成為遊俠騎士之前的狀況，又能表明牠的現狀。牠主人已變樣兒了，牠自然也得另外取個又顯赫又叫得響的名字，這樣才能和主人的新地位、新職業相配。他腦子裏想了一大串名字，又一一加以否定，重起一個，又否定一個，又重起，又否定，最後決定取名“羅西納特”③。他感到這個名字高雅、響亮，而且還富有意義，表明牠過去是一匹劣馬，現在成了世界上最好的馬了。

---

① 古代西班牙的輔幣，可換八個小硬幣。
② 意大利斐拉拉公爵府內的著名滑稽演員，他和自己的馬都很瘦，成為人們的笑料。
③ 劣馬中的佼佼者。

給自己的馬起了這樣中意的名字後，他又想給自己也起個名字。為此，他又思考了八天，決定取名堂吉訶德。

他的盔甲已清洗修整完畢，頭盔上也鑲了個面甲；馬已經取了名字，自己的名字也定下來了。他認為，萬事齊備，就差給自己找個戀人了。遊俠騎士沒有情人，就像樹木沒有葉子和果實，也像軀體沒有靈魂。

離他故鄉不遠有個村莊，裏面有個農家姑娘，面貌姣好，他早就看中她了。只是姑娘本人對此事一無所知，也沒有察覺。她名叫阿爾堂莎。他認為，將她定為自己的意中人非常合適。他也得給她取個名字。這個名字既不能和原來的名字相抵觸，卻又要帶點公主貴夫人的味兒。後來，他決定叫她杜爾西內婭。他覺得這個名字就像給自己和自己的東西取的名字一樣，悅耳動聽，美妙別致，也富有意義。

上面說到的這些準備工作就緒後，堂吉訶德便急不可待地要實現自己的計劃了。因為他覺得這個世界迫切需要他去掃除暴行，伸張正義，糾正過失，伸雪冤屈，制止他人胡作非為。如果他去得遲了，就對不起世人。

然而，此時他想起需準備一些出門的必備之物，尤其是錢與襯衫。他還得物色個侍從，他打算僱傭附近的一個農民。此人家境貧寒，孩子又多，倒是十分適合當騎士的侍從的。

於是，堂吉訶德又去遊說他家附近的那個農夫。如果窮苦人也可以稱為“好人”的話，他該說是個好人，只是頭腦不十分靈光。經過堂吉訶德的反覆說服、動員，這個窮苦的村民決定跟他一起出走，當他的侍從。堂吉訶德對他說，他應該高高興興出去，因為如果在險遇中贏了，轉眼間征服了某個海島，他就可以當海島的總督了。他就這樣左許一個願，右打一個包票，終於讓名叫桑丘的這個農夫拋下老婆孩子，充當他的侍從了。

　　接着，堂吉訶德便去籌集錢款。他通過出售、典當家產，搞到了一筆可觀的款子。當然，在這些交易中，吃虧的總是他。他又搞到一副護胸圓盾，是從朋友那兒借來

的;還想方設法將他的那個已支離破碎的頭盔修補好。然後,將出發的日期和時間通知他的侍從桑丘,好讓他收拾自己的行裝,帶上該帶的東西。堂吉訶德還特地吩咐他,要帶個褡褳去。桑丘說,他一定帶去,還說他想帶頭毛驢去,他有頭好毛驢,他不習慣長途步行,想騎毛驢去。關於帶毛驢的問題,堂吉訶德起先躊躇了一下,他搜索着自己的記憶,回想在讀過的書中有沒有遊俠騎士帶個騎毛驢的侍從的先例。結果,沒有想起這樣的情形。不過,他還是決定讓桑丘帶毛驢去,想有機會就給他換一匹體面點的坐騎;只要在路上遇見傲慢無禮的騎士,就把他的馬匹搶過來讓桑丘騎。他還帶了幾件襯衫和其他一些物品。就這樣,桑丘沒有辭別妻兒,堂吉訶德也沒有告別他的外甥女和女管家,在一個夜晚,他們在沒有任何人見到的情況下,悄悄離開了村莊。

2. 大戰風車

當晚他們走了許多路，等到東方發白，他們
才心裏踏實，料想家裏人即使去找他們，也找不到
了。桑丘一路騎着毛驢，活像一個大主教[①]。他隨身
帶着褡褳和皮酒袋，一門心思想着怎樣才能當好他
主人答應過他的海島總督。

這會兒是清晨，陽光斜射在他們身上並不使人疲乏。
這時，桑丘對他主人說：

"遊俠騎士老爺，您聽着，可別忘了您答應我的海
島，不論這海島有多大，我也會管理好的。"

堂吉訶德回答說：

"桑丘朋友，你應該明白，古代的遊俠騎士每當征服
一個海島或王國，總封他們的侍從當這些地方的總督，這
是常規。我已下了決心，絕對不會讓這個規矩在我手中更
改。恰恰相反，我還打算在這方面勝過古代的騎士呢。他
們往往要等到自己的侍從年歲大了，厭倦了白天受累、黑
夜吃苦的差使，才會封他在或大或小的地區或行省裏做
個伯爵，至多做個侯爵。可是，只要我倆都還活着，我很
可能在六天之內征服一個帶有幾個從屬國的王國，那就可
以封你做其中一個從屬國的國王。你別以為這樣做太過分
了，遊俠騎士幹的事情向來是常人想像不到也從未見到過
的。因此，即使比我允諾的再多給一點，對我來說，也易
如反掌。"

---

① 相傳耶穌騎驢進耶路撒冷城；天主教會的領袖們也騎驢。

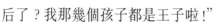

　　"假如像您剛才說的那樣出了奇跡，"桑丘說，"我真的當上國王，那我家孩子他媽胡安娜不就成了王后了？我那幾個孩子都是王子啦！"

　　"這還用問嗎？"堂吉訶德回答說。

　　"我就不信，"桑丘說，"我心裏估摸着，即使老天像雨點一般將王國撒到大地上來，也沒有一個會穩穩地落到胡安娜的頭上。老爺，您該明白，她可沒有當王后的福分，當個伯爵夫人還馬馬虎虎，這也得求上帝幫忙。"

　　"那你就聽從上帝安排吧，桑丘，"堂吉訶德說，"他自會給她適當賞賜的。不過，你本人可不能太沒志氣，只想當小官，不想當大官。"

　　"我不會沒有志氣的，我的老爺，"桑丘說，"有您這樣尊貴的主人在身邊，我的志氣就更大了。我相信，凡是對我合適，而我又能擔當得起的職位，你都會給我的。"

　　說到這兒，他們在曠野裏見到了三四十架風車。堂吉訶德一見，便對他的侍從說：

　　"我們運氣真不錯，命運的安排比我們希望的要好。你瞧，桑丘朋友，那兒有三十多個耀武揚威的巨人，我想與他們打一仗，把他們全都殺死。繳獲了勝利品，我們可以發財。這是一場義戰。在地球上將這些孬種消滅，也是為上帝立了一大功。"

　　"甚麼巨人呀？"桑丘問。

　　"不就在那裏嗎？"他主人說，"胳膊長長的，有些巨人的胳膊幾乎有兩西班牙里①長呢。"

"老爺，您好好瞧瞧，"桑丘說，"那不是巨人，是風車，那些像胳膊一樣的東西是風車的翅膀。風吹動了這些翅膀，石磨就轉動起來。"

"顯然，你對歷險方面的事兒還得好好學學，"堂吉訶德說，"他們確實是巨人。你如果害怕，就離開這兒，做你的禱告去吧。一會兒我就要和他們進行一場以少勝多的決戰。"

說完，他便用踢馬刺刺了一下羅西納特，朝前衝去。他的侍從桑丘還在大聲地對他說，他前去進攻的對象明明是風車，不是巨人，但他不予理會。他一味想着這些巨人，其實連桑丘的呼喊聲也沒有聽到。他走到跟前，也沒有看清是巨人還是風車，便一個勁兒地嚷道："別跑，你們這些膽小鬼，無恥之徒！跟你們交手的只是個單槍匹馬的騎士啊！"

這時，颳起了一陣風，巨大的風車翼開始轉動起來。見到這個情景，堂吉訶德說：

"即使你們舞動的手臂比布利亞瑞歐②的胳膊還多，我也得叫你們吃敗仗。"

說完，他便虔誠地向他的意中人杜爾西內婭小姐進行祈求，請她在這樣生死攸關的時刻保佑他。隨後，他拿盾牌護住胸口，舉起長矛，縱馬飛馳，向第一部風車刺去。矛頭刺中了風車翼，一陣風吹得風車翼猛轉起來，將長矛折成幾截，把堂吉訶德連人帶馬捲起，又重重摔在地上。

---

① 一西班牙里合五千五百七十二米。
② 希臘神話中的巨人，有一百隻手臂。

堂吉訶德在地上滾了幾滾，露出一副狼狽相。桑丘立即拍驢趕來救他。到了他身邊，發現他已不能動彈，因為他從羅西納特背上摔下來，摔得太重了。

"天啊，"桑丘說，"我剛才不是對您說了嘛，要當心點，那是風車。除非腦袋裏也裝着架風車，還有誰會不知道那是風車呢。"

"別說了，桑丘朋友，"堂吉訶德說，"打仗的事比別的事變化大。我想一定是那個弗萊斯通，為了剝奪我勝利的光榮，把巨人變成了這些風車。他恨死我了。不過，歸根到底他那些歪門邪道總敵不過我這把鋒利的寶劍。"

"那就要看上帝怎麼說了。"桑丘說。

他將堂吉訶德扶起，又幫他騎上跌傷了脊樑骨的羅西納特。他們一邊說着剛才的險遇，一邊朝拉比塞隘口去的那條道走去。桑丘說，那地方來往人多，因此，可能會遇到各種各樣的險事。只是剛才長矛讓風車折斷了，他心裏很不痛快。他對他的侍從說：

"我記得曾在書中讀到過，有個叫迭哥的西班牙騎士，在一次決戰中他的劍砍斷了，就從一棵橡樹上劈下一根很粗的樹枝。那天他就拿這根樹枝打翻了許多摩爾人，創造了豐功偉績。因此，人們就給了他一個外號，叫'馬祖卡'①。我跟你說這番話，是因為我有個打算。等會兒見到橡樹，我要劈下一根樹枝，就跟我想像中的那根樹枝一樣粗。我打算用這根樹枝好好露一手，好讓你親眼見見這種令人難以置信的事情。這樣，你就會認為這次跟我出來

---

① 意思是用大棒打人的人。

可交上好運了。"

"萬事總得由上帝來安排，"桑丘説，"我是完完全全相信您的。請坐正一點兒，有點兒往一邊歪了，準是剛才跌疼了吧。"

"不錯，"堂吉訶德説，"我不叫痛的原因是，遊俠騎士有個慣例，受了傷，哪怕從傷口掉出腸子來，也從不叫痛。"

"如果是這樣，那我就沒有甚麼説的了，"桑丘説，"不過不知甚麼原因，我倒喜歡您受了傷就哼哼。至於我本人，我可以説，只要身上有一點兒痛，我都會叫痛的，除非遊俠騎士受了傷不叫痛的規矩也適用於他們的侍從。"

見他的侍從這麼天真，堂吉訶德禁不住笑了。他對桑丘説，他完全可以叫痛，他愛怎麼叫，在甚麼時候叫，都隨他的便；不管他忍不住想叫，還是可叫可不叫，他都可以叫。他到那時為止，還沒有讀到騎士的規則中有侍從不准叫痛的規定。這時，桑丘對他説，已到了吃飯的時候了。主人回答説，眼下他還沒有這個需要，桑丘想吃可以吃。得到主人的允許後，桑丘就在驢背上盡量坐得舒服些，然後，從褡褳裏取出他出發時放進去的食物，不緊不慢地跟着他主人，邊走邊吃，還不時地拿起皮酒袋喝酒。他喝得津津有味，連馬拉加①最有口福的酒館老闆見了也會眼紅。他這樣喝着酒朝前走去，早將主人剛才給他的承諾忘得一乾二淨。他認為，出來遊俠歷險，儘管有些危險，也不是個苦差使，倒是相當舒適的。

① 西班牙南部一小城，當地的酒很有名。

3. 勇鬥羊群

那天夜裏他們就在樹林中過夜。堂吉訶德從一棵樹上劈下一根枯枝，作為矛柄，將從已經折斷的長矛上取下來的矛頭插在柄上。那晚他一宿都沒合眼，一直在思念他的意中人杜爾西內婭。他在騎士書中讀到過，騎士們在森林中，或在曠野裏連續幾個夜晚不睡覺，想念自己的情人。堂吉訶德也要學他們的樣。桑丘可不是這樣。

　　他肚子已吃得飽飽的，又沒有喝提神的菊苣汁，一覺睡到了大天亮。清晨的陽光照到他的臉上，鳥兒吱吱喳喳地在歡唱，迎接新的一天的光臨。這些都沒有能讓他醒來。要不是主人叫醒他，他不知會睡到甚麼時候。桑丘一醒來，頭一件事是摸摸他的皮酒袋。發現它比前一天晚上更癟了，心裏不免有些煩惱，因為他認為，他走的這條道上無法很快彌補這個欠缺。堂吉訶德還是不肯開齋，因為上面已說過，他要以甜甜蜜蜜的情思作養料，養活自己。他們重新走上通向拉比塞隘口的道路，大約在下午三時，隘口已遙遙在望。

　　"桑丘兄弟，"見到了隘口，堂吉訶德說，"這兒的險事真多得不可勝數。不過，我得提醒你，儘管我遭遇到了世界上最大的危險，你也不能拔劍相助，除非我的對手是一群潑皮無賴。在這樣情況下，你可以幫助我。如果與我對陣的是一位騎士，按照騎士道的規矩，你幫我的忙是不合法的，是不允許的。等將來你也封授了騎士的稱號，才能這樣做。"

"老爺，"桑丘説，"您自己遵守這方面的規則，這沒有錯。不過，我本人生性平和，不愛爭吵。但是，倘若我遭到侵犯，就顧不得這些規則了。我要進行自衛，因為不管是天上的規矩還是凡間的規則，受到侵犯進行自衛總是允許的。""這點我也沒有二話，"堂吉訶德説，"不過，你要幫我打騎士這件事，你得忍耐着點，可不能太任性。"

"我一定照辦，"桑丘説，"我要像遵守禮拜天的安息誡一樣認真地遵守您這條訓誡。"

主僕倆正在這樣邊走邊談着，堂吉訶德忽然見到前面路上黃塵滾滾。他立即回過頭來對桑丘説：

"桑丘啊，今天是我吉星高照的日子！我是説，今天我要比往常更賣力地幹，我要大顯身手，讓今天的作為名垂青史，永世留芳。桑丘，你看見前面那滾滾塵埃了嗎？這是由無數個民族組成的一支數量龐大的軍隊，它正朝這兒開來。"

"這樣説來，應該有兩支軍隊啦，"桑丘説，"因為在相反的那個方面也掀起了一片塵土。"

堂吉訶德回頭一看，果然如此，喜不自勝，心想確實是兩支軍隊，開到這廣闊的平原地帶來一決勝負的。原來堂吉訶德的腦海裏無時無刻不在想遊俠騎士小説中講到的行軍作戰呀，着魔中邪呀，冒險獵奇呀，談情説愛呀，挑戰決鬥呀，以及其他種種瘋瘋癲癲的事，他平日説的、想的和做的也全都是這方面的事情。其實，堂吉訶德剛才見到的塵埃是從那條道兩個方向趕來的兩群羊掀起的。由於空氣中瀰漫着塵土，沒等這兩大群羊走到跟前，還真的看不清楚。堂吉訶德一口氣咬定這是兩支軍隊，弄得桑丘也信以為真。他説：

"老爺，那我們該怎麼辦呢？"

"怎麼辦？"堂吉訶德説，"救助貧困，扶持孤寡唄。我告訴你，桑丘，迎面來的這支軍隊的最高統帥是阿利方法隆大皇帝，是特拉玻瓦納①大島之王。從我背後來的是他的死對頭卡拉曼托斯②的國王率領的軍隊，這位國王名叫光胳膊潘塔波林，因為他每次交戰總是裸露着右臂。"

"那麼，這兩個國王為甚麼會這樣仇恨呢？"桑丘問道。

"他們倆交惡的原因是，"堂吉訶德回答説，"阿利方法隆是個兇惡的異教徒，他愛上了潘塔波林的女兒。這位公主非常漂亮，異常活潑可愛，是個基督徒。他父親不願意將她嫁給一個異教徒國王，除非他背棄了偽教主穆罕默德，改信基督教。"

• 23

"我拿自己的鬍子起誓，"桑丘説，"儘管潘塔波林這件事做得不太好，我也要盡一切力量幫助他。"

"你這樣做就對頭了，桑丘，"堂吉訶德説，"沒有封為騎士的人也可以參加這樣的戰鬥的。"

"這點我也知道，"桑丘説，"只是我們這頭毛驢拴到甚麼地方去呢？得找個打完仗後能穩穩當當找得到的地方。騎毛驢打仗，我認為到今天還沒有這個先例。"

"是啊！"堂吉訶德説，"我看你還是隨牠去吧，走失不走失，就看牠的造化了。我們打贏了這一仗，手裏的馬

① 現在的斯里蘭卡。
② 非洲內陸一城鎮名。

就多了，説不定羅西納特都有被換掉的危險。現在你留心聽我説，也留心看着，我把兩支軍隊的主將向你介紹一下。為了讓你看得清楚些，我們退到那邊那塊高地上，那兒看得清楚。"

他們來到那座小山上。堂吉訶德誤認為是軍隊的那兩大羊群，要是沒有牠們掀起的灰塵遮住，在這座小山上應該看得清楚的。然而，在堂吉訶德的頭腦裏，還是只看到了他沒有見到的、實際上並不存在的東西。他提高嗓門説：

"那邊有一位騎士身穿黃鎧甲，手中盾牌上畫一隻戴王冠的獅子，蹲伏在一個姑娘腳下。他是英勇無敵的銀橋主勞爾卡爾科。還有一位的鎧甲上有一朵朵金花，盾牌的底子是天藍色的，上面有三隻銀色的王冠。這就是吉羅西亞大公，威鎮四方的米科科萊波。他右邊那個手長腿長的大漢是豹子膽布朗達巴巴拉，是阿拉伯三個部落的首領。他身披一張蛇皮作鎧甲，舉一扇門板當盾牌。據傳，這門板是當年參孫①以死復仇，摧毀了一座寺院後從一扇門上拆下來的。你再在這邊看看吧。這支軍隊的開路先鋒是常勝不敗的蒂莫納爾，他是新比斯開的王子。他身穿藍、綠、白、黃四色鎧甲，在褐色底子的盾牌上畫有一隻金貓，上面寫着一個'喵'字，是他意中人芳名的第一個字的發音。據説她就是舉世無雙的苗麗娜，是阿爾弗尼蓋公爵的千金。就在他旁邊沉重地壓在那匹威武強壯的駿馬上的那一位是個初出茅廬的新手，他一身白鎧白甲，白色的

***

① 古猶太的法官，以力大著稱。

盾牌，沒帶任何標記。他是法蘭西人，名叫皮埃萊斯，是個封地在烏脱里蓋的男爵。還有一位騎一匹輕捷的條紋斑馬，腳上的馬刺老是踢着馬肚子。他的鎧甲上畫着由銀白色與天藍色兩種鐘成雙地排列着的圖案。他就是威猛的納爾比亞公爵埃斯塔費拉爾多，他的盾牌上畫着一棵蘆筍作為標記，還有用卡斯蒂利亞語寫的一句口號：'我的命運掠地而飛'。"

堂吉訶德憑着自己的想像一個一個地報出這兩支軍隊將帥的名字，同時，還隨意説出這些將領穿甚麼樣的鎧甲，甚至還説出鎧甲的顏色和標記，以及上面寫的口號。此時他瘋病大發，滔滔不絕地繼續説下去：

"前面這支軍隊由各個民族的成員組成：有喝著名的桑托河①甜水長大的人；有腳踩瑪西利②土地的人；有在幸福的阿拉伯土地上篩選金沙的人；有在清澈見底的泰爾莫東泰河兩岸有名的涼爽地區過着好日子的人；有開挖了許多水渠以排去金黃色的巴克多洛河③水的人；有説了話不算數的奴米底亞④人；有以射箭著稱的波斯人；有邊打邊逃的帕提亞和米提亞⑤人；有過遊牧生活的阿拉伯人；有性格兇殘皮膚白皙的西徐亞⑥人；有嘴唇上穿孔的埃塞俄比亞人；還有無數其他民族的人。他們的臉我都認得出，只是我已記不得這些民族的名稱了。在另一支軍隊裏，有

---

① 即特洛伊河。
② 非洲一城鎮名。
③ 古代小亞細亞的呂底亞河，相傳滿含金沙，故呈金黃色。
④ 古非洲一地區。
⑤ 提亞和米提亞均為亞洲古國。
⑥ 黑海北岸古國。

喝用來灌溉橄欖樹的貝底斯河清水長大的人；有用金光閃閃口味甜潤的塔霍河水洗臉潔身的人；有的人居住在神聖的赫尼爾河畔，享用着那兒能供飲用的河水；有來往於牧草豐盛的塔爾特蘇斯草原的人；有生活在樂土般的赫雷斯草原的人；還有富有的拉曼卻人，頭上戴着用金黃色的麥穗編的冠兒；有身穿鐵甲的古代哥特族的遺老遺少；有的人常在以水勢緩慢出名的畢蘇埃加河沐浴；有的人在彎彎曲曲的瓜狄亞納河邊一望無垠的牧場上牧放過自己的牛羊，瓜狄亞納河有一條著名的暗流；有人住在森林密佈的比利牛斯山上，凍得全身發抖；也有的住在高聳入雲的阿比尼諾高原，銀白色的雪花冷得他們不時地打冷戰；一句話，全歐洲所有的民族都在那兒了。"

天哪，他一口氣說出了這麼多地區，這麼多國家和民族，還說出了每個民族的特點，看來他讀了謊言連篇的書，整個兒都融化、浸泡在裏面了。桑丘全神貫注地聽他說話。他自己一言不發，時而回過頭來瞧瞧，看能不能見到他主人講到的這些騎士和巨人。結果，一無所見，他對堂吉訶德說：

"老爺，該是見鬼了吧，您剛才說的這麼多巨人和騎士，在這周圍一帶怎麼連一個也見不到呢 —— 至少我沒有看見啊。興許像昨天夜裏的那些鬼魂一樣，都是魔法師變的吧。"

"你怎麼這麼說呢，"堂吉訶德說，"難道你沒有聽到馬嘶聲、號角聲和咚咚的戰鼓聲嗎？"

"我只聽到公羊和母羊的咩咩聲，"桑丘說，"別的甚麼聲音也沒有聽到。"

情況確實是這樣，因為這兩群羊已經快到他們身邊了。

"桑丘，你是心裏害怕，所以，耳不聰，目不明。心一發慌，感覺器官就失靈了，看到的和聽到的東西就不是原來的那樣。你真的這麼害怕，就退到一邊去，讓我單獨留在這兒。我單槍匹馬就能使我援助的這支軍隊取得勝利。"

說完，他便用踢馬刺踢了一下羅西納特，一手提着長矛，風馳電掣般地衝下山去。

桑丘亮着嗓門，大聲地說：

"堂吉訶德老爺，請您快回來，我對上帝起誓，你衝進羊群裏了！快回來吧，連我的親老子也倒了霉了！怎麼會瘋成這樣呢？您好好瞧瞧吧，既沒有巨人，也沒有騎士，也沒有甚麼貓呀，鎧甲呀，劈成兩片的盾牌或者整塊的盾牌呀，更沒有甚麼圖案上的白鐘、藍鐘和甚麼鬼鐘。您這是幹甚麼呢？上帝，真作孽呀！"

儘管桑丘喊破了嗓門，堂吉訶德就是不回頭。他也提

高了嗓音嚷道：

"喂，騎士們，凡是在英勇的光胳膊潘塔波林皇帝的大旗下作戰的人全都跟我來！你們將會看到，我將不費吹灰之力就能擊敗你們的仇敵 —— 特拉玻瓦納島上的那個阿利方法隆。"

喊聲未了，人已經衝進了羊群，舉起長矛猛刺起來。看他那股勁兒，彷彿真的在刺殺他的不共戴天的仇敵呢。跟着羊群來的牧羊人大聲地說，請他不要這麼幹。他們眼看這樣做不起作用，便紛紛解下扔石器，將拳頭大的石塊往他身上扔來。這些石頭絲毫也治不了堂吉訶德的瘋病，他仍然左衝右突，嘴裏一個勁兒地嚷道：

"目空一切的阿利方法隆，你在甚麼地方？快過來，我是單槍匹馬的騎士，我們一對一較量一番，我要殺了你。你欺侮了英勇的潘塔波林，我要嚴懲你！"

這時，突然飛來一塊鵝卵石，打到堂吉訶德一邊的腋下，將他的兩根肋骨打得陷了進去。遭到這一打擊後，堂吉訶德以為自己縱然不死，也一定受了重傷。於是，他想起了那治傷的香油，立即取出那個油罐，往嘴裏送。那油流進他的肚裏。他認為油罐裏的香油還不少，還沒有喝足。這時又飛來一塊石頭，不偏不倚，正好打在他的手上和油罐上，把那隻油罐打碎，還捎帶磕下了他三四個板牙和盤牙，還砸傷了兩個手指。

第一塊石頭來勢兇猛，第二塊石頭也是夠厲害的。這兩塊石頭打得可憐的騎士從馬背上掉了下來。牧羊人來到他身邊，都以為他已一命嗚呼，便迅速將羊趕到一起，扛起那七八隻死羊，急匆匆地走了。

在這期間，桑丘一直站在一座小山上，看他主人發瘋。他一個勁兒地揪着自己的鬍鬚，嘴裏詛咒着命運，為甚麼讓他認識了這麼個主人。見堂吉訶德倒在地上，牧羊人已經遠離，桑丘才走下山來，來到主人身邊，發現他的傷勢很重，只是神志還相當清楚。他對主人說：

"堂吉訶德老爺，剛才我不是對您說過，回來，您攻擊的不是軍隊，是兩群羊嗎？"

"我的對手足智多謀，詭計多端，他們會由人變成羊羔。桑丘，你應該清楚，這些傢伙不費吹灰之力，就能做到他們變甚麼，我們就相信甚麼。老是跟我過不去的這個壞蛋，見我在這場戰鬥中即將獲勝，便十分忌妒，立即將對陣的兩軍變成了兩群羊。你如不信，就請你做下面一件事，做這件事為了我，也為了讓你醒悟過來，相信我說的話全是真的。你騎上毛驢，悄悄地跟着他們，用不了跟他們走多遠，就能見到他們又從羊羔變回原形，變成我剛才跟你說起過的那些人 —— 一點也不假的人。不過，眼下你暫時不要走，我還需要得到你的幫助。你過來，替我瞧瞧我少了幾個板牙和盤牙，我彷彿覺得滿嘴牙齒被打得一隻不剩了。"

桑丘來到堂吉訶德身邊，兩隻眼睛幾乎湊到了他的嘴邊。這當兒堂吉訶德剛才喝下的香油在胃裏藥性大發。就在桑丘貼着堂吉訶德的嘴看他的牙齒的一瞬間，後者吃進肚子裏的東西就像水槍一樣噴射到這個富有同情心的侍從的臉上。

"聖母瑪利亞，"桑丘說，"這究竟是怎麼一回事？這老先生的嘴裏在噴血，他一定受了致命傷了。"

後來他再仔細看看，覺得從顏色、味道和氣味上看，那不是血，是自己剛才見到他喝進去的香油。他立即一陣噁心，翻江倒海般嘔吐起來，差一點將自己的五臟六腑都吐到他主人的身上。兩個人都弄得一身淋漓。桑丘立即走到毛驢邊，想從褡褳裏找樣東西把身子擦擦乾淨，同時也想找點藥給主人治治傷。結果發現褡褳不見了，急得他差點發瘋。他一再咒罵自己，同時心裏暗暗盤算着。他想丟下主人回老家去，當然，這樣一來就等於替主人白白幹活，領不到工錢，而且主人許諾他當海島總督的希望也成為泡影。不過，他也顧不了這些了。

　　這時，堂吉訶德已從地上爬起來。他怕嘴裏僅剩的幾個牙齒掉出來，拿右手捂住嘴，用另一隻手抓住本性忠良、從不離開主人的羅西納特的韁繩，來到侍從的身邊。見桑丘胸口抵在驢背上，一手托着腮幫，露出一副憂慮多端的神情。堂吉訶德見他這副愁腸百結的樣子，就説：

　　"桑丘，你應該知道，只有幹得比別人多，得到的才能超過他人。我們經歷過的陣陣暴風驟雨正是很快就會雨過天晴的徵兆，這表明情況就會好轉。不管好事壞事不可能歷久不變，因此，厄運交久，好運就在眼前。請你不要為我的不幸遭遇難過，我的事沒有一件與你相關的。"

　　"怎麼不相關呢？"桑丘説道，"難道今天丟掉的那隻裝了我全部行裝的褡褳不是我的，又是誰的呢？"

　　"桑丘，你的褡褳不見了？"堂吉訶德問道。

　　"是啊。"桑丘回答説。

　　"那我們今天就沒有甚麼吃的了。"堂吉訶德説。

　　"您不是説能識別野菜嗎？像您這樣運氣不好的遊俠

騎士就只好拿野菜充飢了。要是這草原上連野菜也找不到，那我們真的就只好喝西北風了。"

"不過，眼下我倒更喜歡吃上一大塊白麵包，或者黑麵包，再加兩條沙丁魚呢，"堂吉訶德說，"這比狄奧斯科里德斯①撰寫的並由拉古納②醫生添加了插圖的那本書中描述的所有野草要好吃得多。這些就不去說它了。你還是快騎上你的毛驢，跟我走吧，好心的桑丘。上帝供養天下萬物，無論是天上飛的蚊蟲，還是地上爬的蠕蟲，或者是水中游的蝌蚪，都給牠們吃的喝的，難道會少了我們這一份嗎？更何況我們在東奔西走為他效勞呢。上帝大慈大悲，讓陽光普照好人壞人，無論是君子還是小人都能得到他雨露的恩澤。"

"您當說教佈道的教士比當遊俠騎士還強呢。"桑丘說。

"桑丘，遊俠騎士無所不會，也應該樣樣都會，"堂吉訶德說，"幾個世紀前有的遊俠騎士就像畢業於巴黎大學的學生那樣能隨時在戰場上說教或講學。這就是說，矛不會使筆變禿，筆也不會使矛變鈍。"

"您說的也有道理，"桑丘說，"現在我們離開這裏吧。今天晚上得找個地方過夜。上帝保佑，那個地方沒有鬼怪和中了魔法的摩爾人。否則，我就要完蛋了。"

"孩子，你就祈求上帝幫你這個忙吧，"堂吉訶德說，"你愛上哪兒，就上哪兒，這回就由你來選擇過夜的

---

① 古希臘名醫。
② 西班牙十六世紀名醫，植物學家。他將狄奧斯科里德斯的著作譯成西班牙文，並添加了插圖。

地方。不過，現在請你用手指摸摸我這兒，看看我這右上腭缺了幾個牙。我這邊覺得很痛呢。”

桑丘的指頭伸進他的嘴裏，一邊摸一邊問：

“您這兒原先有幾個盤牙？”

“除了智牙①，一共四個，個個都是完好的。”

“老爺，請您再好好想想您剛才說的話。”桑丘說。

“我說是四個，也許五個吧，”堂吉訶德說，“因為我這輩子從來沒有拔過牙，無論是盤牙還是板牙都沒有拔過；也沒有掉過牙，就連蟲蛀和風濕病也沒有壞死一個牙齒。”

“這麼說，”桑丘說，“您在這下邊只有兩個半盤牙，上面連半個都沒有，整個兒就像手掌一樣光溜溜的。”

“我太不幸了，”聽了侍從告訴他的這個令人沮喪的消息後，堂吉訶德說，“我寧可砍掉一隻胳膊，只要不是拿劍的那一隻。告訴你，桑丘，嘴裏沒牙就像磨盤裏沒有磨石，一顆牙齒比一枚鑽石還寶貴得多呢。話又得說回來，我們幹騎士道這個苦差使的人是注定要吃這種苦，受這種罪的。朋友，快上驢給我帶路吧，走快走慢都隨你。”

桑丘照辦。他認為哪兒能找到個歇腳的地方，就朝哪兒走去，但一直沒有離開那條筆直的大道。

① 指成年後長的臼齒，共四枚。

4. 大戰酒袋

村裏的神父和理髮師得知堂吉訶德患病離家，就結伴外出尋找。途中遭遇情場失意的美女多羅脫奧和癡男卡德尼奧。多羅脫奧得知神父二人此行的目的，慨然應允假扮米科米科娜公主，以向堂吉訶德騎士求助之名，和眾人一起把堂吉訶德騙到了離家不遠的一家客棧。堂吉訶德疲憊不堪，倒頭大睡。眾人聚在一起請神父唸小說消遣。

神父行將唸完這部小說的時候，桑丘突然慌慌張張地從堂吉訶德沉睡的閣樓上跑來，大聲地説：

"先生們，快去幫我主人打仗啊，我這輩子還沒有見過打得這麼激烈的仗呢。那個跟米科米科娜公主作對的巨人，被我主人揮手一劍，腦袋像切蘿蔔那樣給齊耳根砍下來了。"

"你説甚麼，桑丘？"神父放下還沒有唸完的那部小説問道。"你瘋了嗎？那巨人離這兒還有兩千西班牙里地呢，你説這樣的話，是不是活見鬼？"

這時，眾人聽到那邊房內一陣巨響，堂吉訶德大喊道：

"站住，你這個賊，你這個惡棍，無賴！你已落到了我的手中，你手中的彎刀也不管用了！"

聽聲音，他好像在拿劍猛砍牆壁。桑丘説：

"別在這兒聽了，快進去勸架吧，或者進去幫我主人一把吧。不過，眼下也用不到了，因為巨人肯定已經給殺死了，他已向上帝招供一生的罪孽去了。我見到地上全是血，腦袋已經砍下，滾到一邊，足有大皮酒袋那麼大。"

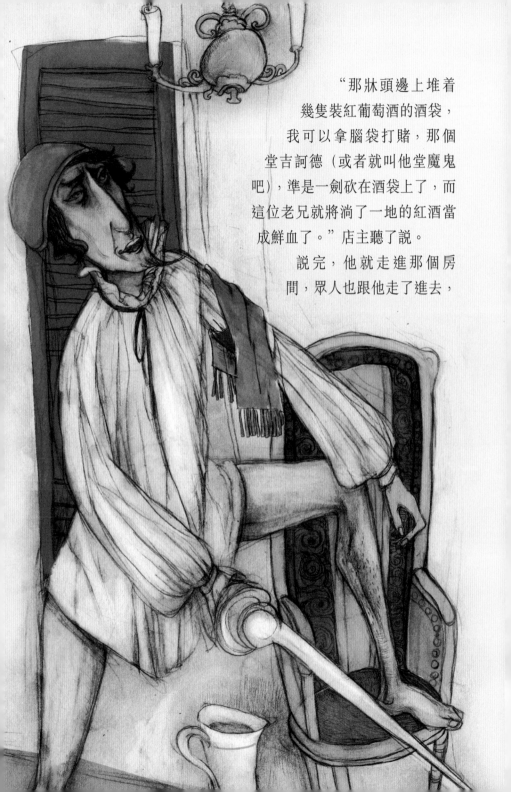

"那牀頭邊上堆着幾隻裝紅葡萄酒的酒袋，我可以拿腦袋打賭，那個堂吉訶德（或者就叫他堂魔鬼吧），準是一劍砍在酒袋上了，而這位老兄就將淌了一地的紅酒當成鮮血了。"店主聽了説。

説完，他就走進那個房間，眾人也跟他走了進去，他們發現堂吉訶德的衣着非常怪異。他上身只穿一件很短的襯衣，前襟遮不住大腿，後襬比前襟還短六指；兩條腿又細又長，滿是黑毛，髒污不堪；頭上戴一頂紅色睡帽，滿是油污，那是店主給他的；左臂上裹着一條毛毯。他右手拿着那柄出了鞘的劍，上下左右亂砍亂舞，嘴裏還在大叫大嚷，彷彿真的在和巨人鏖戰不休。有意思的是他的雙眼還沒有睜開，此時他仍在酣睡，他是在夢中與巨人交戰。原來他對即將完成的這樁大事想得太多了，所以夢中就到了米科米公王國，與他的敵人交戰去了。他把酒袋當成了巨人，對它們亂劈亂砍，結果酒流得房間裏滿地都是。店主見了，怒不可遏，揮舞拳頭，猛擊堂吉訶德。要不是卡德尼奧和神父過去將店主拉開，他就結束這場和巨人的交戰了。即使這樣，這個可憐的騎士還沒有醒來。這時，理髮師從井裏汲來一大罐涼水，一下子全澆到了堂吉訶德身上，這才將他澆醒，但他的神志好像還沒有完全清醒，還弄不清究竟是怎麼一回事兒。

多羅脫奧見堂吉訶德衣不蔽體，不肯進來看這位救星和她的敵人交戰。

桑丘遍地尋找巨人的腦袋，沒有找到，說：

"我明白了，這客店裏的東西全都着了魔。剛才就在這兒我親眼看到一個腦袋被砍下了，血就像泉水似的往外冒，這會兒那腦袋卻又不見了。"

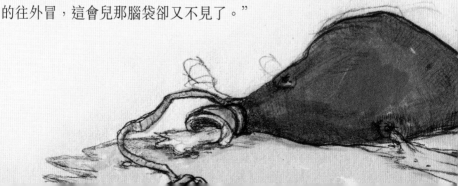

"甚麼血呀，泉水呀，你胡扯些甚麼，你這個上帝和聖徒的死對頭！"店主說，"你這個賊，你沒有看見嗎？你說的血和泉水就是從這些捅破的酒袋裏淌出來的紅葡萄酒呀！這個捅破酒袋的傢伙，我真恨不得叫他的靈魂進入地獄，泡在酒裏！"

"別的事我不管，"桑丘說，"我只知道要是找不到那個腦袋，我就倒霉了，我那塊伯爵的封地就像鹽泡在水裏一樣無影無蹤了。"

桑丘雖然醒着，頭腦卻比他睡着的主人還要糊塗；這都是他主人給他許了那麼多願造成的。店主見侍從這麼迷糊，主人又這麼瘋，心裏真生氣。他發誓連修補捅破的皮酒袋的費用也要算在他們的賬上。

神父握住堂吉訶德的雙手。這位騎士以為大功告成，自己正站在米科米科娜公主面前報功呢。他便雙膝跪在神父的面前，說：

"偉大、尊貴、聲名顯赫的公主，從今以後您可以安居樂業，那壞傢伙再也不能為非作歹了。至於我呢，靠上帝幫忙，靠我當作生命主宰的那位小姐的庇護，已實現了對您的承諾，以後就不再承擔義務了。"

"我不是說了嗎？"桑丘聽了說，"我剛才頭腦清醒得很呢。你們瞧，我主人不是已經將那巨人宰了，還給他撒上鹽給醃上了。沒說的，我這個伯爵是當定了。"

聽了主僕倆的胡言亂語，誰能不笑呢？大家都笑得前仰後合，惟有店主氣得發抖。後來，理髮師、卡德尼奧和神父費了不少勁才將堂吉訶德抬到牀上。一上牀，他就立即沉沉入睡，像是異常疲倦的樣子。眾人就讓堂吉訶德睡着，他們來到客店門口，安慰了一番桑丘，因為他沒有找到巨人的腦袋很傷心。他們對店主進行安慰，就費點兒事了，因為這麼些酒袋突然給捅破，店主的火氣大着呢。這時，老闆娘嚷道：

"這個遊俠騎士進了我們客店，算我們倒了大霉，他給我們造成的損失太大了，我真討厭這種人。但願上帝讓他和天下所有的騎士都倒大霉！他將我家的酒袋捅破，葡萄酒流了一地。我真希望在地上淌的是他的血！他別想得太美，我憑我老子的屍骨和我媽媽的在天之靈起誓，他一定得把賠款一分不少地付清！否則，我就不姓現在的姓，也不是我爹媽養的！"

神父答應盡力賠償一切損失，包括酒袋和酒。這樣，店主他們才平靜下來。多羅脫奧安慰桑丘説，一旦他主人砍下巨人頭顱一事查證屬實，她回去坐穩了王位，一定將王國內最肥沃的伯爵領地封賞給他。桑丘聽了很滿意。他對公主説，自己確實看見過那個巨人的腦袋，上面的鬍鬚一直拖到腰際。他還説，這頭顱找不到，原因是整個客店的東西都着了魔。多羅脫奧説，這話她都相信，請桑丘不要着急，以後的事情一定會順順利利的，他會感到稱心的。

眾人都平靜下來後，神父想把那本小説唸完，因為只差一點兒了。卡德尼奧、多羅脫奧和在場的其他人都請他繼續唸。

堂吉訶德生活的地方

"文學來源於生活。"哪怕是再荒誕的文學作品，也總可以找到它現實生活的影子。塞萬提斯的《堂吉訶德》也不例外。據考證，小說中堂吉訶德生活的地方就是作者塞萬提斯本人的故鄉，書中提到的每一個地方都是真實存在的。

堂吉訶德活動的主要區域在"拉曼卻"，亦即今天西班牙中部的拉曼查（La Mancha）高原。放眼望去，延綿起伏的原野上是一望無際的橄欖林、葡萄園和片片滿是灰塵的中世紀村落，座座風車和城堡點綴其中，彷彿在向人們展示《堂吉訶德》的一幅幅風土畫面。

堂吉訶德家所在的"拉曼卻的一個村莊（村名我不想提了）"就是村落之一。這片作者"不想提"名的紅瓦白牆村落叫阿爾卡薩爾鎮，距西班牙首府馬德里約 170 公里，鎮上保留有塞萬提斯的故居，裏面的陳設與先前完全一致。

離阿爾卡薩爾鎮不遠，就是著名的托波索鎮，也就是堂吉訶德幻想的心上人杜爾西內婭住過的村莊，其中一座簡樸的房屋，被認為是那位姑娘的家，至今仍稱"杜爾西內婭之屋"。房屋的右側，是一組堂吉訶德向杜爾西內婭求婚的塑像。

拉曼查高原平坦多風。在古代，當地人喜歡建造風車，利用風力發電磨麵。風車最集中的地方當屬孔蘇埃格拉村。 十幾座古老的，高約三四十米、形如圓筒炮樓的白色風車，環衛着一座中世紀城堡，透露着一份歷史的厚重與悲愴。"炮樓"上巨大的風車翅翼現今已被牢牢固定，但遠處山樑上仍依稀可見一棟棟白色風力發電機，和風車遙相呼應，宛如一段凝固的歷史。這些風車在藍天白雲、廣袤土地的映襯下，顯得格外的威武雄壯，恰似一個個臂長身大的巨人。據説這裏就是小説中堂吉訶德大戰風車的地方。

距孔蘇埃格拉村 20 公里，有一個以本塔為中心的度假村，據説就是堂吉訶德大戰酒袋的那家客棧。簡樸已被奢華替代，不變的似乎永遠只有堂吉訶德雕塑臉上的執着。

本地現今已以種植業為主，但在村外的鄉間小路上，仍不時能碰上手持棍棒、驅趕着羊群的牧人，他們的臉上寫滿了滄桑、樂觀和堅定。只有真正讀過《堂吉訶德》和了解拉曼查歷史的人們，才懂得那是最本色的拉曼查風景。

拉曼查孕育了塞萬提斯和《堂吉訶德》，《堂吉訶德》和塞萬提斯又成就了拉曼查。堂吉訶德生活的地方現今均成了風景名勝，"堂吉訶德之路"亦成為西班牙一條旅遊熱線。

5. 和獅子對峙

桑丘和堂吉訶德發現被騙後，二人悄悄離開客棧，路上遇到了“綠衣人”堂迭戈紳士，二人大談孩子的教育問題。桑丘對他們的話不感興趣，他聽了一半，就到附近幾個擠羊奶的牧人那裏去討奶喝。就在這時，堂吉訶德突然抬頭看見前面路上過來一輛插滿國旗的大車，便大聲呼喚桑丘把頭盔拿來。

堂吉訶德呼喚桑丘取來頭盔的時候，桑丘正在向牧羊人買幾塊奶酪。他聽主人呼喚得急，慌了神，不知該拿這幾塊奶酪裝在甚麼地方好。他已經付了款，扔了又很可惜。他突然想起主人的這個頭盔可裝東西，便將奶酪裝進頭盔，急急來到主人身邊，看有甚麼吩咐。堂吉訶德見桑丘來了，便說道：

“朋友，快把頭盔給我吧。我發現前面有險事，得趕緊穿戴好盔甲。我相信自己看得很準，否則，我就算不上冒險家了。”

桑丘沒有來得及將頭盔裏的奶酪倒出，就只好這樣將它交給主人。堂吉訶德接過頭盔，也沒有時間看看裏面有甚麼東西，立即扣在腦袋上。奶酪一經擠壓，立即化成奶液，沿着堂吉訶德的臉龐和鬍鬚淌了下來。堂吉訶德大吃一驚，問桑丘道：

“這是怎麼一回事呀，桑丘？是我的腦殼溶化了，還是我的腦漿流出來了，或者是我從腳跟到腦袋在淌大汗？如果是在冒汗，那絕對不是嚇出來的冷汗。不過，話又說回來，眼下發生的這樁險事的確是很可怕的。你快拿甚麼東西給我擦擦吧，這一臉大汗將我的眼睛都糊住了。」

桑丘一聲不吭，拿了一塊布給他，心裏暗暗感謝上帝，沒有讓他主人識破。堂吉訶德擦乾淨臉，摘下頭盔，看看裏面有甚麼東西，因為他覺得腦袋上冷冰冰的。看見頭盔裏那幾塊軟乎乎的東西，便拿到鼻子尖聞了聞，說道：

「我憑我那杜爾西內婭小姐的生命起誓，你將奶酪盛在我的頭盔裏了，你這個調皮搗蛋的無賴！」

桑丘假裝若無其事的樣子，慢吞吞地說道：

「如果真的是奶酪，您就給我，我吃了它……不過，還是讓魔鬼吃吧，準是魔鬼放在頭盔裏的。我有這麼大的膽，敢弄髒您的頭盔嗎？您確實抓到那個膽大包天的傢伙了！老爺，我對您說實在話，上帝已經讓我明白，我是您一手栽培的，又與您連成了一體，所以那些魔法師一定也在和我作對。他們有意將這些髒東西放在您的頭盔裏，好叫您忍不住發起火來，又像往常一樣，狠狠地揍我一頓，打斷我幾根肋骨。這次他們總算白費心機，我相信我主人準能做出正確的判斷，會考慮到我身邊既沒有奶酪，也沒有奶，更沒有別的奶製品。要是有這些玩意兒，我早就吃進肚裏去了，還會放在您的頭盔裏嗎？」

「情況可能真是這樣。」堂吉訶德說。

這一切那位紳士都看在眼裏，覺得非常驚奇，尤其見了堂吉訶德接下去幹的事，更覺詫異。原來他擦乾淨頭頂、臉、鬍鬚和頭盔後，又戴上了頭盔，在馬鞍上坐穩了身子，按了一下劍把，緊握長矛，說道：

"現在誰來都不怕了，就是撒旦親自來這兒，我也敢較量！"

這時，那輛插着旗子的大車已來到眼前。車上只有一個趕車的，前面有幾頭拉車的騾子，還有一個人坐在車頭上。堂吉訶德攔住去路，說道：

"兄弟們，你們上哪兒去？這是甚麼車？車上拉的是甚麼東西？這幾面旗子是甚麼旗？"

趕大車的回答說：

"這車子是我的，車內裝的是兩頭關在籠子裏的兇猛的獅子，這是奧蘭①的總督送給朝廷，獻給國王陛下的貢品。車上插的是我們王上的旗幟，表明這車上的東西是他的。"

"這兩隻獅子都挺大嗎？"堂吉訶德問道。

"大極了，"坐在車門口的那個人回答說，"從非洲運到西班牙來的獅子從來沒有這麼大的。我是個馴獅員，我運過不少獅子，像這麼大的，還沒有運過一頭。這兩頭獅子一公一母，雄獅關在前面的籠子裏，母獅關在後面的籠子裏。今天還沒有給牠們餵過呢。請您讓開一點兒，我們得趕到前面去給牠們餵食。"

堂吉訶德聽了，微微一笑，說道：

"拿這兩頭小獅子來嚇唬我，要我讓路嗎？就在這個時候，拿獅子來嚇唬我，讓我走開？我以上帝的名義起誓，我要運送獅子的這兩位先生看明白，我可不是見獅子

① 阿爾及利亞一城市，位於地中海，十六世紀至十八世紀期間歸西班牙託管。

就害怕的人！請你下車吧，夥計，你不是馴獅子的嗎，請您打開籠子，將牠們放出來！儘管魔法師們給我送來了獅子，我不怕，你們可以在這曠野裏看看我堂吉訶德究竟是個甚麼樣的人！」

「啊呀，我們這位好騎士終於露出馬腳來了，」那個紳士自言自語地說，「準是剛才的奶酪將他的腦殼泡軟，將他的腦漿泡熟了。」

這時，桑丘來到紳士的身邊，對他說道：

「先生，請您看在上帝的份上，想個辦法，別讓我主人堂吉訶德和獅子打架。他這麼一打，獅子準會將我們都撕成碎片的。」

「你主人真會這麼瘋嗎？」紳士問道，「你以為他真的會和這兩隻猛獸交手嗎？」

「他不是瘋，」桑丘回答說，「他是膽子大。」

「那我得想辦法別讓他這麼幹。」紳士說。

堂吉訶德這時正在催那個馴獅人，快點打開籠子。紳士來到他的身邊，對他說：

「騎士先生，遊俠騎士應該幹那些有希望成功的險事，對毫無希望的險事，就不要幹了。一個人過於勇敢，就是魯莽；冒冒失失的人算不了勇士，只能算個瘋子。再說，這兩頭獅子並沒有冒犯您，這麼幹牠們連想也沒有想過。牠們是送給國王陛下的貢品，您在這兒擋道，不讓運走，是不對的。」

「紳士先生，」堂吉訶德回答說，「您還是玩您那馴順的竹雞和兇猛的白鼬去吧。各人幹各人的事。這是我的事，請別插手。這兩隻獅子先生和獅子太太是不是衝我來的，我心裏明白。"
說完，他回頭對馴獅人説：

"你這個無賴聽着，我發誓，你如果不立即給我打開籠子，我就拿這根長矛將你釘在大車上！"

趕車的見這全身披掛的怪物非要讓他們打開籠子不可，就對他説：

"我的先生，請行個方便，讓我先卸下這幾頭騾子的車軛，讓牠們逃離這兒，然後，再放出獅子來吧。我除了這輛大車和這幾頭騾子外，一無所有。這幾頭騾子要是讓獅子給咬死了，我就完了。"

"你這個人真沒有信心！"堂吉訶德説，"那你就快點下車，給騾子卸下車軛吧。你想幹甚麼，就快幹。不過，一會兒你就會明白，你這是多此一舉。"

趕車的跳下車，很快地卸下那幾頭騾子。馴獅人大聲地説：

"請在場的諸位做個證人吧，我是迫不得已才開籠放出這兩頭獅子的。我還要向這位先生提出警告，這兩隻野獸出來後，造成的全部損失和危害，都由他負責，就連我扣掉的工薪也得算在他賬上。先生們，在我打開籠子前，請快點躲開。我本人不會受到傷害，這點我是有把握的。"

那紳士再次奉勸堂吉訶德，不要幹這樣的蠢事，以免遭上帝的處罰。堂吉訶德回答説，他幹甚麼事，自己心裏有數。紳士對他説，這件事他應該三思，還説他這麼做肯定是不對的。

"那好吧，先生，"堂吉訶德説"您既然認為我幹這件事準是場悲劇，而您又不願成為這場悲劇的觀眾，那就請您刺一下您那匹黑白混色馬，跑到安全地帶去吧。”

桑丘聽了堂吉訶德的話，眼淚汪汪地請求主人別幹這樣的事。他說，無論拿主人過去經歷過的風車大戰和酒袋大戰，還是拿他這一生中經歷過的任何一次險事，與這次相比，都只能是小菜一碟罷了。

“老爺啊，您得好好想想，”桑丘說，“這兒可沒有甚麼魔法在起作用了。我剛才從籠子的鐵欄杆裏見到了真獅子的一隻腳爪。根據這隻腳爪看，那獅子怕比一座山還大呢。”

“這都是你心裏害怕了，”堂吉訶德說，“一害怕，甚至會覺得這獅子比半個地球還大呢。桑丘，你快躲到一邊去吧，別管我。我要是死在這兒，你一定記得我們有約在先：你得去見杜爾西內婭，我不多說了。”

接着，堂吉訶德又說了不少話。看來，要他放棄一心要幹的事，已經沒有指望了。綠衣人很想出來阻止，可是，自己沒帶甚麼武器，打不過全副武裝的堂吉訶德；再說，他早已明白，堂吉訶德是個十足的瘋子，和瘋子進行較量也犯不着。堂吉訶德不斷進行威嚇，催馴獅人快快打開籠子。面對這樣的情勢，紳士只好催動自己的母馬，桑丘也拍打着灰驢，車夫趕着自己的那幾頭騾子，他們都趁獅子還未出籠，儘可能離得遠一點。

桑丘以為自己的主人這次必然會死在獅子的腳爪下了，不禁失聲痛哭，還詛咒自己的命運，怪自己不該出來當他的侍從。他邊哭，邊抱怨，同時，還使勁拍打着驢子，朝遠處跑去。馴獅人見該離開的那些人已遠遠地離開了，就再次將剛才勸說堂吉訶德的話說了一遍。堂吉訶德說，他說的話自己全都聽到了，不過，這些話他都不想聽，再說下去，也是白費口舌。他只是催促快快打開籠子。

就在馴獅人準備打開籠子的這段時間裏，堂吉訶德在盤算着，進行步戰，還是進行馬戰。他怕羅西納特見了獅子會害怕，決定進行步戰。他跳下馬，將長矛拋在一邊，拔出佩劍，舉着盾牌，仗着自己一身膽氣，過去站立在大車的前面；同時，暗中祈求上帝和意中人杜爾西內婭保佑自己。馴獅人見堂吉訶德已擺開架勢，自己再不打開籠子，就會遭到這個怒氣沖沖、膽大包天的騎士的毒手。他將第一隻籠子的門完全打開。剛才已經講到，那裏面是一頭公獅。這獅子個頭大得出奇，形狀猙獰可怕。牠原本是躺在籠子裏的，這會兒翻了一個身，伸出一隻腳爪，身子全放鬆，伸了個懶腰。然後，張開嘴，慢吞吞地打了個呵欠，又伸出幾乎有兩拃長的舌頭，舔了舔眼圈上積的灰塵，洗了洗臉。接着，將腦袋伸到了籠子的外面，睜着兩隻像火球一樣的眼睛，東張西望，那樣子實在令人心驚膽寒。堂吉訶德只是目不轉睛地注視着牠，巴不得牠跳下車朝自己身上撲來，這樣，他可以親手將牠剁成肉泥了。

他的瘋勁這時已達到了頂點。然而，這隻威武雄偉的獅子並不氣勢洶洶。倒顯得斯斯文文，堂吉訶德對牠進行無理取鬧、嚇唬，牠也毫不在意。牠如剛才說的那樣東張西望了一陣後，便又回轉身軀，拿屁股對着堂吉訶德，沒精打采、慢條斯理地又在籠子裏躺下了。見到這個情景，堂吉訶德便叫馴獅人拿棍子打牠，引牠發火，讓牠跑出籠子。

"這個我絕對不能幹，"馴獅人說，"如果惹牠生了

氣，我自己首先就要被牠撕成碎片。騎士先生，您剛才這一舉動已經勇敢得沒法兒形容，應該知足了，可不能再來個錦上添花啦。獅子的籠門已打開，出來不出來全取決於牠。如果牠到現在還不出來，這表明今天一整天就不出來了。您的神威已有目共睹。據我所知，決鬥的人只要敢於向對方發出挑戰，敢於在決鬥場上等待決鬥，已顯得無比勇敢了；對方不出場，那是他自己出醜，等待決鬥的人已贏得了勝利的桂冠。"

"這話很有道理，"堂吉訶德說，"朋友，那就請你關上籠門吧；還請你給我作個證人，將你在這兒親眼見到我幹的事情，盡量向大家說說清楚。具體地說，就是你怎樣打開了籠門，我怎樣等獅子出來；牠不出來，我還等着；牠又不出來，接着就躺下了。我該做的事全都做了。玩魔法的，快離開這兒吧。願上帝保佑正義和真理，庇護真正的騎士道！我剛才已經說了，快關上籠門吧。我這就給逃離這兒的那幾個人發出信號，讓他們回來。就請你將我剛才的所作所為對他們說一說。"

馴獅人關上了籠門。堂吉訶德將自己用來擦臉上奶漿的那塊布繫在長矛尖上，向逃跑的人們發出信號，叫他們回來。那幾個人由紳士領頭，還在一個勁兒地往前跑呢。他們一邊跑，一邊不斷地回頭看。桑丘見到了白布發出的信號，說：

"我主人在叫我們回去呢，他準是戰勝了那兩隻兇猛的野獸了，要不，你們就殺了我吧。"

他們停了下來，看清楚向他們發信號的正是堂吉訶德。他們沒有開始時那樣害怕了，慢慢地往回走，終於能聽清堂吉訶德的叫喊聲了，便回到了大車旁邊。堂吉訶德對趕車的説：

"老兄，請您重新給騾子套上車輗，繼續上路吧。桑丘，你拿兩枚埃斯庫多金幣給他和馴獅人。我耽誤了他們的行程，就算是給他們的補償吧。"

"這兩枚金幣我願意給，"桑丘説，"可是，那兩頭獅子怎麼樣了？給打死了，還是還活着？"

於是，馴獅人便將這場決鬥的經過詳詳細細地講給他們聽。他竭力誇耀堂吉訶德的膽氣，説獅子見了他，害怕極了，儘管籠門大開，有好大一會兒時間，那獅子就是不想也不敢出籠。後來，這位騎士要自己激怒獅子，讓牠出籠；他就對騎士説，這樣做會使上帝生氣的，這位騎士便無可奈何地讓他又關上了籠門。

"桑丘，你聽了有甚麼想法？"堂吉訶德説，"在真正的勇士面前，魔法能起作用嗎？魔法師可以剝奪我的好運，但要奪走我的勇氣和膽量，他們休想！"

桑丘將兩枚金幣給了他們。趕車的駕上車，馴獅人吻了吻堂吉訶德的手，對他的賞賜表示感謝，還説到了朝廷，見了國王，一定要將他的這樁英雄業績稟報給王上。

"萬一國王陛下問起這件事是誰幹的，就請你告訴他，是'獅子騎士'幹的，我以往一直自稱'狼狽相騎士'，現在要易名了。從今以後，我要改稱'獅子騎士'了。我這樣做也是遵循遊俠騎士的老規矩，他們可以根據情況，隨意改變自己的稱號。"

那輛大車繼續趕路，堂吉訶德和桑丘，還有那個綠衣人也繼續自己的行程。

趣味重溫（1）

一、你明白嗎？

1. 試用連線把堂吉訶德的主要裝備和這些裝備的原本面貌連接起來。

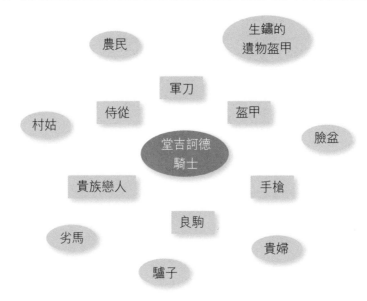

2. 堂吉訶德以風車為巨人，以羊群為軍隊，以獅子為仇敵，與之作戰。桑丘在這時都能清醒地認識現實，及時提醒主人。為甚麼在"酒袋"事件中，他卻以葡萄酒為鮮血，認為主人殺死了巨人呢？

   a. 受主人影響，也瘋了。　　　　b. 故意裝傻，逗大家開心。

   c. 太想得到封地，利令智更昏。　d. 耍小聰明，以此逃避賠償。

3. 你認為堂吉訶德和桑丘的下列言行，是合理的，請打"✓"，是荒謬的，請打"✗"。

   a. "準備一些出門的必備之物，尤其是錢和襯衫。"　　　　　　（　　）

   b. "我們的對手足智多謀，詭計多端，他們會由人變成羊羔。"（　　）

c. "那個跟米科米科娜公主作對的巨人，被我主人揮手一劍，腦袋像切蘿蔔那樣給齊耳根砍下來了。"　　　　　　　　　　（　）

d. "是我的腦殼溶化了，還是我的腦漿流出來了，或者是我從腳跟到腦袋在淌大汗？"　　　　　　　　　　　　　　　（　）

二、想深一層

1. 試用連線把桑丘下列言行跟它所反映的性格特點連接起來。

言行	性格特點

相信堂吉訶德"海島總督"的承諾，拋家棄子跟隨堂吉訶德外出遊俠。　•

•　耽於物質享受

當堂吉訶德把風車當巨人時，桑丘說，"那不是巨人，是風車，那些像胳膊一樣的東西是風車的翅膀。"　•

•　膽小怕事

桑丘在驢背上盡量坐得舒服些，然後，從褡褳裏取出食物，邊走邊吃，還不時地拿起皮酒袋喝酒。　•

•　狡黠

當堂吉訶德遭到牧羊人的石頭攻擊時，桑丘一直站在一座小山上觀望。見堂吉訶德倒地，牧羊人已遠離，桑丘才走下山來，來到主人身邊。　•

•　愚鈍

當堂吉訶德發現是桑丘把奶酪盛在頭盔裏，弄了他一身時，桑丘又假裝若無其事，並栽贓給魔鬼，說是魔鬼陷害，目的是挑撥主僕關係。　•

•　現實清醒

2. 根據表格內容，推斷作者描寫兩人性格差異的用意。

事項 人物	出身	遊俠的目的	疼痛	飲食和睡眠	金錢	危險	現實
堂吉訶德	富裕的鄉紳	鋤暴安良，為國出力，建功立業，名垂史冊。	默然忍受	生理需求	看淡錢財	行動魯莽，奮不顧身	迷糊瘋狂，耽於主觀幻想。
桑丘	貧苦的農民	當官發財	有了痛感就喊	盡情享受	愛財如命	謹慎小心，膽小怕事	頭腦清醒，理智現實。

從上表可以看出，堂吉訶德和桑丘是兩個極端的人。現實生活中很少有二者同時存在、一起出現的情況。這是作者 ＿＿＿＿＿＿ 的結果，在敍述過程中運用了除 ＿＿＿＿＿＿ 外的表現手法。

a. 記錄　　　b. 想像　　　c. 聯想　　　d. 臨摹

e. 對比　　　f. 誇張　　　g. 比喻　　　h. 象徵

三、延伸思考

堂吉訶德想做一名鋤強扶弱的騎士，結果他卻給別人添了不少的麻煩，傷害了不少無辜的人，現實和理想背道而馳。 讀俠客小說的時候，你是否也想過遊歷天下，打抱不平呢？你如何看待理想與現實的矛盾呢？

6. 魔法船

一路上，綠衣人堂迭戈一直在思考、揣摩堂吉訶德的言行。由於紳士不了解堂吉訶德的底細，就把他一會兒看作很有見識，一會兒又看作瘋子。說起話來，堂吉訶德總是頭頭是道，立論正確，談吐高雅，而他的行為，卻又常常冒冒失失，瘋瘋傻傻，荒謬絕倫。

堂吉訶德和桑丘，走了一程又一程，整整走了兩天，才到埃布羅河邊。騎士見了這條河，滿心歡喜。兩岸風光明媚，河水滔滔，清澈見底；河面異常寧靜，閃閃發亮。美麗的自然景色引起了他無限的情思。

他邊走邊看，見河邊一棵樹上拴着一條小船。船上既無繩纜，也沒有槳。堂吉訶德朝四周看了一眼，未見一人，便毫無目的地下了馬，也吩咐桑丘從驢子上下來。隨後，將那兩頭牲口一起拴在一旁的楊樹上。桑丘問他為甚麼突然下馬，又要將牲口拴在樹上。堂吉訶德回答說：

"桑丘，你應該明白，眼下準有騎士或貴人遭了大難，需要我前去救援，眼前這條小船就是來邀請我乘了去的。遊俠騎士小說描寫魔法師施魔法常常採用這種手法。有騎士遭了難，自己無法脫險，需別的騎士營救。儘管他們倆相距兩三千西班牙里地，甚至更遠，魔法師會攝來一朵雲或一條船，剎那間就可以讓前去救援的騎士從宮中或海上到達遭難騎士的身邊。桑丘啊，這條船拴在這裏，顯然就是這個緣故。這是千真萬確的，就像眼下就是白天一樣。你快抓緊時間，將灰驢和羅西納特拴好，隨上帝帶我們上哪兒，就上哪兒。這會兒我一定得上船，即使赤腳修士出來阻擋，我也得上去。”

“那好吧，”桑丘說，“反正您老是愛幹這方面的事兒，我也不知道是不是瞎胡鬧。在這樣的情況下，我只好低頭服從了，就像老話說的那樣：‘吃主人家的飯，你就得受他管’。不過，心裏有話不說出來，也不舒服。我得提醒您，我認為這條船不是魔法師的，是這條河上的漁夫的，因為這條河裏的鯡魚是世界上最好的。”

桑丘一邊拴牲口，一邊說着上面的這番話。他將牲口留給魔法師去照管，心裏怪心疼的。堂吉訶德說，照料牲口的事不用擔心，派船千里迢迢來接他們的人一定會設法餵養牠們的。

“我不懂這‘千里條條’是甚麼意思，”桑丘說，“我一輩子也沒有聽到過這個字眼。”

“千里迢迢的意思是離這兒很遠，”堂吉訶德說，“這個詞你不會也不奇怪，因為你不懂拉丁文。可不要像有些人那樣，嘴裏說精通拉丁文，實際上一無所知。”

“牲口已經拴好了，”桑丘說，“現在我們幹甚麼呢？”

“幹甚麼？”堂吉訶德回答說，“畫十字起錨唄。我的意思是說，我們上船去，將拴船的那根繩索割斷。”

堂吉訶德一躍上了船，桑丘也跟着上去。他們割斷了繩索，船就慢慢地離開了河岸。桑丘見船離岸已有兩巴拉，全身發抖，生怕掉到河裏淹死。然而，他感到更加難受的是聽到灰驢在叫，見到羅西納特想掙脫韁繩。他對主人說：

“灰驢見我們走了，難過得叫起來；羅西納特想掙脫繩子跟我們一起走。啊，親愛的朋友們，你們安安穩穩地待在那兒吧！有人頭腦發瘋，讓我們離開了你們，一會兒清醒過來，又會回到你們身邊的。"

說完，他便傷心地哭起來。堂吉訶德火了，對他說：

"你怕甚麼呀，膽小鬼？你的心是黃油做的嗎，幹嗎要哭啊？誰在迫害你了，你這個膽小如鼠的傢伙！你現在應有盡有，還不知足嗎？你眼下又不是赤足在黎斐阿山^①行走，你是像一位大公爵一樣坐在船舷上。航行在平穩的河道上的這條船轉眼間就會到達浩瀚的大海。其實我們已經出海了，至少我們已航行了七八百西班牙里了。如果我現在有一台星盤，用來測量北極星的位置，就可以告訴你，我們已走了多少路。

"不過，我認為平分南北兩極的赤道線可能已經過了，也可能快到了。我如果估計不準，就算是個無知無識的人。"

"我們到了您剛才說的'赤豆線'，"桑丘說，"一共走了多少路了？"

"這路走得可多了，"堂吉訶德說，"根據最偉大的宇宙學家托勒密的計算，由水面和陸地兩部分構成的地球共分三百六十度。我們到了赤道線，正好走了一半。"

"天哪，您還找了個名人來為您剛才的話作證，他還是個'芋頭學家'，叫甚麼'密'的。"桑丘說。

堂吉訶德聽桑丘將宇宙學家和托勒密的名字都搞錯了，不禁哈哈大笑，說道：

---

① 黑海北部一雪山。

“桑丘，我告訴你吧，從加的斯坐船到東印度群島去的西班牙人和別國人想知道自己是不是已經通過了赤道線，常常憑藉下面的辦法：船一過赤道線，身上的蝨子全都死光，即使你拿金子去換，整艘船上都找不到一隻活蝨子。為此，桑丘，你只要伸手去摸摸腿上有沒有活東西，心裏就有底了。如摸不到，我們就已通過赤道線了。”

“這話我才不信呢，”桑丘說，“不過，您叫我辦的事，我還得照辦。我就不明白為甚麼要我摸這摸那的，因為我明明看到，我們離岸還不到五巴拉，離拴着兩頭牲口的地方只有兩個巴拉，羅西納特和灰驢不就在原來的那個地方嗎？照我這個辦法觀看，我可以發誓，我們行船的速度比螞蟻爬還慢呢。”

“桑丘，你就照我說的辦，別的事你就不要管。有關天文、地理方面的許多事，你都不懂，譬如像分至圈、經緯線、黃道十二宮、南北兩極、兩分兩至、行星、方位、距離等等。你如果知道這方面的事，或者多少懂一些，你就能清楚地見到，眼下我們已經到了緯度幾度，看到了黃道十二宮的哪一宮了；甚麼星座我們已經過來了，眼下正朝哪個星座行進。我還要對你再說一遍，你得摸一摸身子，我看你眼下準比白紙還光潔。”

桑丘伸手摸了摸，他輕輕地摸到左大腿窩裏，抬起腦袋，看了看主人，說道：

“這個辦法不靈吧，否則，就是我們還沒有到達您說的這個地方，還差許多許多西班牙里地呢。”

“怎麼回事？”堂吉訶德說，“你摸到幾個了嗎？”

“何止幾個呢？”桑丘回答說。

說完，他彈了一下手指，又將手在河水裏浸了一下。這時，河水平穩，不用魔法，也用不到暗藏的魔法師的推動，小船順着水勢在河心緩緩地向前漂去。

　　他們見到河中有幾座高大的水磨房。堂吉訶德一見，大聲地對桑丘說：

　　"你看見了嗎，朋友，就在那兒有一座城堡。那兒準有騎士，或者王后，或者公主在遭難，我被請到這兒就是來救他們的呀。"

　　"老爺，您說甚麼見鬼的城堡呀？"桑丘說，"您沒有見到在河中的是幾座用來磨麥子的水力磨房嗎？"

　　"你給我閉嘴吧，桑丘，"堂吉訶德說，"那些玩意兒看起來像磨房，其實不是。我已經對你說過，任何東西一遇上魔法就會變樣。倒不是將事物的本性改變了，只是讓你看起來改變了模樣。我的心上人杜爾西內婭改變了樣子，這就是明證。"

　　這時，小船已駛到河心，已不像剛才那樣慢吞吞地漂流了。磨房工人見在河心駛來的這條小船很快就會被捲進水磨輪子轉動時激起的急流裏，都趕緊拿長棍子出來阻擋。這些工人身上、臉上全都沾滿雪白的麵粉，看起來怪可怕的。他們大聲嚷道：

　　"你們這兩個傢伙，上哪兒去啊？你們不要命了嗎？想找死呀？想淹死，還是想讓水磨的輪子打成碎片呀？"

　　"桑丘，我不是對你說了嗎？"堂吉訶德聽了磨房工人的話說，"我們已到了顯示我這條鐵臂力量的地方了。你瞧我們面前有這麼多強徒和流氓，還有那麼多妖怪，他們的面目多猙獰啊……哼，你們這些混蛋，該看我的了！"

他在船上站起來，對磨房工人大聲地吆喝道：

"你們這群流氓、壞蛋，別聽信鬼話，快將關在你們城堡內或監獄中的人給我放出來！不管他是貴族還是老百姓，都一律還他們自由！我就是堂吉訶德，別號獅子騎士，受上天的委託，我特來要求放人的。"

說完，他就拔出佩劍，對着磨房工人亂砍亂舞。磨房工人聽不懂他那一派胡言亂語，只是一個勁兒地拿棍子去擋那隻小船。這時，船已進入水磨輪子中間的那股急流裏了。

桑丘見情勢危急，便跪倒在地，虔誠地祈求上蒼，保佑自己脫險。老天果然這樣做了。原來那些磨房工人技巧高超，動作迅捷，終於拿長棍擋住了小船。只是這樣一來，將小船給掀翻了，堂吉訶德和桑丘都落到水裏。堂吉訶德倒沒有甚麼，因為他像鴨子一樣，會游泳。只是甲冑太重，使他兩次沉入水下。要不是磨房工人紛紛跳入水中，將他們打撈上來，他們早就給淹死了。

主僕倆被救上岸後，全身濕淋淋的，只是口倒不渴了。桑丘雙膝跪地，合着雙手，兩眼望天，一片虔誠地請求上帝保佑自己，往後不要再跟主人這樣胡鬧了。

這時，小船的主人來了，那是幾個漁夫。他們見小船已讓水磨輪子撞得只剩下幾塊木板，便過來要剝桑丘的衣服，還要堂吉訶德賠償損失。堂吉訶德顯得很平靜，他彷彿甚麼事也沒有發生過那樣對磨房工人和漁夫說，船撞了他願意賠，不過，他們得釋放城堡裏關押着的那些人。

"你這個瘋子，你說甚麼關押的人，甚麼城堡呀？"一個磨房工人說，"你想把那些上這兒來磨麥子的人帶走嗎？"

「算了，」堂吉訶德暗暗想道，「跟這批無賴講道理，讓他們幹點好事，等於對牛彈琴。在這件事情上準有兩個大魔法師在鬥法呢。這個要幹的事，那個出來阻撓；這個派船來接我，那個把船砸爛，這事只好請上帝幫忙了。眼下這年頭有的是爾虞我詐，你爭我奪，我有甚麼辦法呢。」

他對着磨房，大聲地說：

「關在這座監獄裏的朋友們，請你們原諒我吧！我倒了霉，你們也遭了殃，我沒法解救你們脫離苦難了。這件事只好等別的騎士來辦了。」

說完，他便和漁夫們商談了一陣，答應付給他們五十里亞爾，賠他們的船。桑丘付了款，心裏很不高興，說道：

「再這麼坐兩次船，我們的錢袋就全掏空了。」

漁夫和磨房工人看着這兩個與眾不同的人感到非常驚異，他們始終沒有弄明白堂吉訶德對他們的喊話和質問究竟是甚麼意思。他們估摸這兩個人準是瘋子，就不去理會他們了。磨房工人回到磨房，漁夫也回家去了。

7. 城堡奇遇

騎士和侍從垂頭喪氣地來到拴牲口的那個地方。桑丘顯得特別傷心，因為這次動用了他錢袋裏的錢，這等於要了他的命。對他來說，從錢包裏拿走一文錢無異於挖掉他的一顆眼珠子。他們默默無言地各自上了牲口，離開那條大名鼎鼎的河，走進了一大片楊樹林。

次日夕陽西下，他們才走出樹林。堂吉訶德縱目朝一片綠草地望去，發現草地的邊緣有不少人。他們走近了，才看清是一群帶鷹打獵的獵人。他們又朝前走了幾步，見人群中有一位美麗的貴夫人，騎一匹潔白無瑕的馴馬，馬上的鞍韉等物都呈綠色，馬鞍還鑲着白銀。夫人自己也全身着綠，服飾華麗，嬌艷絕倫。她左手托着一隻蒼鷹。堂吉訶德一見，就知道她一定是這一群獵人中的女主人。情況確實如此。堂吉訶德對桑丘説：

"桑丘，我的孩子，快過去對那位騎白馬、擎蒼鷹的夫人説，我獅子騎士吻她這個大美人兒的手。如果她允許的話，我就親自過去吻她的手，並願為她這位貴夫人效犬馬之勞。桑丘，你説話時得注意點兒，可別胡亂使用你的諺語。"

桑丘催趕着灰驢，飛快來到那位漂亮的女獵手身邊，下驢跪在她面前，説道：

"美麗的夫人，後面那位騎士是我的主人，他叫獅子騎士。我是他的侍從，家裏人叫我桑丘。這位獅子騎士不久前也稱狼狽相騎士。他派我前來稟告夫人，很想為您這位尊貴美麗的夫人效勞。夫人您如能賞他這個臉，不但您自己能增光添色，他也一定會感激不盡。"

"好侍從，"夫人說，"你這個口信帶得完全合乎規格。快從地上起來吧。狼狽相騎士在我們這兒很有名，你是這位偉大騎士的侍從，自然不能讓你這樣跪着。快起來吧，朋友，請告訴你主人，我們在這兒有一間別墅，我和我的丈夫 —— 公爵恭候他光臨。"

據歷史記載，公爵先行回府，吩咐家人該怎樣接待堂吉訶德。堂吉訶德隨公爵夫人到公爵府門口，府內就走出兩名僕役，他們都身穿紅色緞袍，長及腳面，像起牀時穿的便服。他們將堂吉訶德抱下馬，隨後，對他說道：

"勞駕，請您去抱我們公爵夫人下馬吧。"

堂吉訶德就要抱公爵夫人下馬，雙方謙讓了好大一會兒。公爵夫人執意不肯，一定要讓公爵抱自己下馬，說她不配讓這樣的大騎士抱自己下馬。最後，公爵出來抱她下馬。他們一進大院，就出來兩個俊俏的少女，在堂吉訶德的肩上披上一件非常珍貴的大紅披風。霎時間，大院四周的長廊上擠滿了公爵府的男女僕役。他們大聲地說：

"歡迎遊俠騎士的精英！"

眾人都拿着香水瓶向堂吉訶德、公爵夫婦身上灑香水。對此，堂吉訶德感到非常驚異。這天他首次感到自己是真正的遊俠騎士，而不是假想的了，因為他受到了書上讀到的古代騎士受到的同樣禮遇。

桑丘丟下灰驢，緊跟着公爵夫人進公爵府。可是，他將灰驢丟在外面又感到很不放心，於是，他來到和侍女們一起出來迎接公爵夫人的女管家身邊，低聲地對她說：

“岡薩萊斯夫人……對不起，我不知道您怎麼稱呼。”

“我叫羅德里格斯，”女管家回答說，“大哥，您有甚麼吩咐？”

桑丘回答道：

“我想請您到府門外看看我那頭灰驢，再派個人將牠送到馬廄裏去，或者您自己送去也行。這可憐蟲膽小，不敢單個兒待在外面。”

“要是主人跟僕人一樣精，那我們可好了！”女管家說，“但願你和你那主人倒足了霉！老兄，驢子還是你自己去照看吧，我們當管家的可不管這號事兒。”

“我主人讀過所有的遊俠騎士書，”桑丘回答道，“我確實聽他講過那個朗塞羅特的故事，說的是：

　　他剛從不列顛到此，

　　得到夫人們的接待，

　　馬匹交女管家去餵。

說到我那匹驢子，就拿朗塞羅特的馬匹跟我交換，我還不幹呢。”

“老兄，你如果是個賣唱的，”女管家說，“請留着你這套油嘴滑舌的玩意兒，等有了主顧，再去賣弄吧。我這兒除了賞給你個無花果①外，你甚麼也別想撈到。”

“好啊，那你一定得賞給我一個爛熟的！”桑丘回答說，“要是以年齡大小來賭輸贏，那你準輸不了。”

女管家火冒三丈地說：“我年紀大小，上帝心裏明白，跟你有甚麼相干，你這個滿嘴大蒜臭的無賴！”

---

① 意思是向對方揚一揚拳頭，表示蔑視的意思。

她說話的聲音很高，連公爵夫人都聽到了。夫人回頭一看，見女管家滿臉怒氣，兩眼火紅，便問她跟誰生氣。

"跟他，"女管家回答說，"就跟這個老兄呀。他居然要我將他那頭在府門外的毛驢牽到馬廄去，還說甚麼他在哪兒聽到過有這個先例，夫人們接待了一個叫甚麼朗塞羅特的，女管家給他餵馬。特別讓我生氣的是，他說我老了。"

"這確實不像話，太氣人了。"公爵夫人說。

她回頭對桑丘說：

"桑丘朋友，告訴你吧，羅德里格斯還很年輕呢。她包着頭巾，並不是因為她歲數大了，那是身份的表示，也是這兒的習慣。"

65

"我剛才說的話要有那個意思，就叫我下半輩子沒有好日子過！"桑丘說，"我只因為太喜愛自己的驢子了，就想託好心腸的羅德里格斯夫人照看一下，託別人我還不放心呢。"

剛才的這番爭吵堂吉訶德全聽到了，就對桑丘說：

"桑丘，你能在這兒說這樣的話嗎？"

"老爺，"桑丘回答說，"不管在哪兒，該說的話總得說呀。剛才我就在這兒想起了灰驢兒，就在這兒說了；如果我在馬廄想起來，我就在那兒說了。"

公爵聽了，說：

"桑丘說得對呀，別怪他了。灰驢兒有人餵，桑丘不必擔心。他的驢就像他本人一樣，會得到好生照料的。"

這番話，除了堂吉訶德，大家聽了都覺得很有意思。說話間，他們來到樓上，請堂吉訶德進入客廳，裏面掛着極其華麗的金色綢緞帷幔，六名侍女過來充當小廝的角色，替堂吉訶德卸去盔甲。公爵和公爵夫人為了讓堂吉訶德感到他們是以遊俠騎士的身份款待他的，事先已教會她們該如何侍候堂吉訶德。卸去甲胄後，堂吉訶德只穿緊身的褲子和羚羊皮上衣。他又高又瘦，身板筆挺，兩邊的頜骨彷彿要合在一起親嘴似的。見到他這副模樣，要不是公爵夫婦已事先打過招呼，她們真會笑破肚子的。

侍女們要堂吉訶德脫光衣服，換襯衣，堂吉訶德死也不肯。他說，尊嚴和勇敢一樣，對遊俠騎士來說，是至關重要的。不過，他說，請她們將襯衣交給桑丘。他們倆進入一間豪華的臥室，關好門，堂吉訶德脫去內衣，換了襯衣。他見室內只有他們兩人，就對桑丘說道：

"告訴我，你這個新小丑、老混蛋，你得罪了這麼一個有身份、受人尊敬的女管家，心裏還覺得非常得意嗎？公爵夫婦對我們這麼盛情款待，他們還會虧待我們的牲口嗎？你為甚麼還想到自己的灰驢呢？看在上帝份上，桑丘，你可得小心點兒，別露出馬腳，讓人家看出你是個鄉巴佬、大老粗。你真會作孽！你要明白，僕人越體面，越有教養，主人的臉面便越好看。貴人與一般人相比，有一個優勢：他們的傭人也和他們一樣彬彬有禮。你這傢伙這麼一鬧，害得我也倒了霉。你要知道，人家要是把你看成粗魯的鄉下人，或者是個只會逗人笑的丑角，那麼，他們也一定會將我看成江湖騙子或冒牌騎士的。桑丘朋友，你別這樣，千萬不能幹這種蠢事了。你要知道，言多必失。像你這樣信口開河，插科打諢，一不小心，就會成為令人厭惡的小丑。不要再胡言亂語了，話說出口之前，要先好好想一想。你要知道，我們到了這兒後，只要上帝肯幫忙，就憑我的本領，我們準能名利雙收。"

桑丘滿口答應，並向他保證說，自己寧願將嘴縫起來，或者咬破舌頭，也不胡言亂語了。往後一定如主人吩咐的那樣，先想一想再開口。他請堂吉訶德放心，決不會因他而使他們丟臉。

堂吉訶德穿好衣服，套上用來掛劍的肩帶，披上大紅披風和侍女們給他的綠緞帽子，來到大客廳。他見到侍女們排成兩行，捧着洗手的用具，恭恭敬敬地侍候他洗手。隨後，領班帶了十二名小廝接他去用餐。這時，公爵夫婦已在餐廳恭候他了。他被公爵府的家人簇擁着，浩浩蕩蕩來到了餐廳。在一桌豐盛的宴席上只有四個座位。公爵和夫人在餐廳門口迎接他，與他們一起的還有一位威嚴的教士。

賓主說了一大套客氣話。最後，男女主人讓堂吉訶德走在中間，進去就座。公爵請堂吉訶德坐首位，堂吉訶德再三謙讓，還是拗不過主人，只好依從。教士坐在對面，公爵夫婦一左一右，坐在兩邊。

教士聽他們在說巨人呀、歹徒呀、着魔呀，心裏明白，在座的這個人準是堂吉訶德。他證實了自己的猜想後，便非常生氣地對公爵說：

"公爵大人，這位仁兄幹的事情，您得向上帝報告。這個堂吉訶德或堂傻瓜或者堂別的甚麼玩意兒，大人別以為他真的那麼呆，可別招他裝瘋賣傻。"

他將話頭轉向堂吉訶德說：

"我來問你，你這個糊塗蟲，你是遊俠騎士，你降伏了巨人，抓住了歹徒，這都是誰讓你這麼想的？你如果老老實實，我也好好兒對你說話。你快回家去吧，有兒女就好好撫養他們，照看好自家的產業，別這麼老是東跑西顛，盡幹些傻事，讓認識你或不認識你的人恥笑。你這個倒了霉的，究竟在甚麼地方見到過遊俠騎士呢？過去見到過嗎？西班牙有巨人嗎？拉曼卻有歹徒和中了魔法的杜爾西內婭嗎？你幹的種種傻事有哪一件是真的呢？"

堂吉訶德一直異常專注地傾聽着這位令人尊敬的教士說話。他一說完，堂吉訶德站起身來，像中了水銀毒一樣，全身發抖。他以顫抖的聲音急速地說：

"我儘管義憤填膺，但考慮到眼下所處的場合，又有兩位貴人在場，再說，您的職業我向來是尊重的，因此，我竭力控制自己。還有一點眾所周知。穿道袍的人和女人一樣，惟一的武器是舌頭。所以，我準備拿同樣的武器—— 我的舌頭來與你進行一番較量。我原指望從您那兒得到忠告，結果卻是一頓臭罵。與人為善的批評應該另選場合，而且，也不該發表您這樣的議論。在我看來，您這樣當眾責罵，語言又如此粗暴，早已超越了與人為善這個界限了。循循善誘的勸說比粗暴的謾罵更能達到與人為善的目的。自己壓根兒還沒有弄清對方犯了甚麼罪孽，就指責對方是罪人，是瘋子和傻瓜，這樣做對嗎？我倒要請問您，您罵我瘋子，您見到我幹了甚麼瘋傻的事情了嗎？您叫我回家去經營產業，照看妻兒，您知道我有沒有妻子兒女呢？有些人原本是一介寒士，這輩子也沒有離開過二三十西班牙里方圓這塊小地方，沒有見過任何世面，居然陰錯陽差地進入貴人家主起家政來，還對貴人們發號施令，甚至還胡亂地批評起騎士道和遊俠騎士來，這樣做行嗎？遊俠騎士東奔西跑，足跡遍佈全世界，含辛茹苦，不圖甚麼好處，一心幹一些能流芳千古的好事，難道能說他們在虛度光陰嗎？如果英雄豪傑、王公貴族們說我是傻瓜，我承認，這是無法洗刷的恥辱；那些對騎士道一無所知的讀書人說我腦子不清楚，我一點兒也不在乎。我現在是騎士，只要著天允許，至死我仍然是個騎士。人各有志：有人雄心勃勃，壯志凌雲；有人奴顏婢膝，阿諛奉迎；有人弄虛作假，招搖撞騙；有人皈依聖教，篤信上帝。我也有自己的志向。我隨命運的指引，走了遊俠騎士這條險道。我幹這一行不為錢財，只重名聲。我一貫扶弱鋤暴，伸張正義，制伏巨人，鎮壓妖魔。我有自己的意中人，因為遊俠騎士一定要有戀人。作為情人，我並不貪戀色慾，只追求精神上的心心相印。我時刻注意自己的言行，竭力為眾人做好事，絕對不加害任何人。一個懷着這樣願望，幹着這樣事情的人，能罵他傻子嗎？請尊貴的公爵和公爵夫人發表高見吧！"

"上帝啊，說得太棒了！"桑丘說，"老爺，我的主人，該說的話全都給您說了，以後不必再說甚麼，也不用再進行爭論了。這位先生不承認世界上曾有過遊俠騎士，也不相信今天仍有遊俠騎士，他知道的事兒實在太少了。"

"老兄，你大概就是那個桑丘吧。據說你主人答應賞給你一個海島，有這回事吧？"教士說。

"有這回事。"桑丘回答說，"別人能當海島總督，我也能當嘛。'你與好人做伴，就成他們一員'；'不問你生在誰家，只問你吃在誰家'；'大樹底下好乘涼'。這些老話對我都適用。我找到了個好主人，與他一起奔走了好幾個月。如果上帝答應，我也會成為像他這樣的人。只要他活着，我也活着，他準會當皇帝，我也會當海島總督。"

"你一定能當總督，桑丘朋友，"公爵插言道，"我有一個相當好的海島，眼下無人管理。我以堂吉訶德先生的名義，委託你為海島總督。"

"快跪下呀，桑丘，"堂吉訶德説，"吻公爵大人的雙腳謝賞吧。"

桑丘真的這樣做了。教士見了，勃然大怒，他立即站起身來，説道：

"我憑這一身道袍起誓，大人您簡直和這兩個罪人一樣傻了。瞧，連聰明人都發起瘋來，這兩個可憐蟲怎麼會不發瘋呢？大人就跟他們在一起吧。他們待在這兒，我就回自己家裏去。反正您也不聽我的勸告，我也不想白費口舌了。"

他沒有再説甚麼，放下刀叉就走了。公爵忧儸對他進行挽留也沒有用。公爵認為，這位教士壓根兒就沒有必要生這麼大的氣，覺得很好笑，也沒有怎麼勸留他。公爵笑完了，對堂吉訶德説："獅子騎士先生，您剛才這番話説得很有道理，為自己贏得了體面。他剛才説的話，像是一種侮辱，其實根本不是。您一定非常清楚，教士和婦女一樣，都不會侮辱人。"

"是這樣的，"堂吉訶德説，"凡是沒有資格受侮辱的人，自己也沒有本領去侮辱他人。婦女、孩子和教士受人欺侮，不能自衛，所以，他們都沒有資格受侮辱。大人您明白，冒犯和侮辱有一定的區別。有人不止一次地對他人進行了冒犯，那才是侮辱。冒犯可以隨時發生，卻不一定全都構成侮辱。例如：有人在街上毫無防備，給十個拿武器的人打了一頓。此人拔劍自衛，但因對方人多勢眾，自己難以挽回面子。在這樣的情況下，此人遭到了冒犯，卻沒有受到侮辱。下面這個例子情況也是一樣。有人拿棍子在別人背後打了幾下，拔腿就跑，捱打的人沒能追上他。這捱打的人受到了冒犯，卻沒有受到侮辱。只有那個打手一再進行冒犯，才能算是侮辱。如果剛才那個打棍子的人，偷偷地打了幾棍，隨後又拔劍站定不動，那麼，捱打的人既受了冒犯，又受了侮辱。我們說他受了冒犯，是因為對方是乘他不備打他的；我們說他受了侮辱，是因為對方打了他後，並沒有轉身逃跑，而是站在那兒，還想打他。為此，根據令人厭惡的決鬥的規則，像我剛才這樣的情況，我只能算是受到了冒犯，並沒有受到侮辱。孩童不懂事，婦女不能逃跑，也沒法站定了進行抵抗，教士的情況也一樣，因為這三類人都沒有用以進攻他人的武器，也沒有自衛的武器。儘管他們也得進行自衛，但他們卻並不一定要去冒犯他人。我剛才說自己受到了冒犯，現在我要說不，連冒犯也算不上，因為沒有資格受侮辱的人，是不能侮辱他人的。為此，我不必為那位先生的話生氣，我確實也沒有生氣。我只是希望他別拔腿就走，在這兒再待一會兒。剛才他說世界上壓根兒就沒有遊俠騎士，過去沒有，現在也沒有。我要讓他明白，這完全是錯誤的。如果他的話讓阿馬蒂斯或他子子孫孫中的哪一個聽到了，我想他準得吃不了兜着走。"

"我可以起誓，"桑丘說，"他們準會給他一刀，將他從頭砍到腳一劈為二，就像掰開的石榴和熟透了的甜瓜一樣。他們可不是好惹的！如果讓利納爾多聽到這小矮個兒的話，準一巴掌打得他三年開不得口。讓他跟這些人較量一番吧，看他能逃出他們的手心！"

公爵夫人聽了桑丘的話，忍俊不禁。她覺得桑丘比他主人更滑稽，瘋得更厲害。當時跟公爵夫人有同感的人很多。堂吉訶德總算消了氣。吃完飯，撤走杯盤，便過來四個侍女。其中一人手捧銀面盤，另一人提一隻銀水壺，第三人肩上搭兩塊潔白細軟的毛巾，第四個捲起衣袖，露出兩條雪白的胳膊，手裏拿一塊那不勒斯產的圓形香皂。手捧銀臉盆那個侍女動作異常麻利地將臉盆捧到堂吉訶德的鬍子下面，模樣真逗人。堂吉訶德不熟悉這樣的禮節，以為不洗手，先洗鬍子是當地的風俗習慣，便拼命將下巴往前伸。拿水壺的侍女便往鬍子裏澆水，拿肥皂的便動作非常利索的在他鬍子上打肥皂，那雪花似的肥皂沫便濺得到處都是。騎士顯得非常聽話，隨她們擺弄。結果，不但鬍子上沾滿了肥皂沫，而且，臉上、眼皮上也都沾上了，害得他只好閉上了眼睛。

公爵夫婦對這一套奇怪的盥洗方法一無所知，他們都想看看這樣洗下去會洗成怎樣的結果。洗鬍子的侍女將肥皂沫塗得足有一拃厚，爾後佯裝水用完了，叫提水壺的侍女去取水，請堂吉訶德先生稍等片刻。提壺的侍女取水去了，堂吉訶德就等在那兒，那副怪相真令人捧腹。

在場的人相當多，大夥兒都瞧着他。堂吉訶德那黝黑的脖子伸出足有半巴拉長。他緊閉雙眼，鬍子上全是肥皂沫。瞧他那副尊容，還能忍住笑，這可是個奇跡，需要多大的克制力啊。那幾個拿堂吉訶德尋開心的侍女，低着腦袋，不敢朝主人夫婦倆看一眼。公爵伉儷這時又好氣，又好笑，真不知是該責罰她們，還是獎勵她們。

後來，提水壺的侍女取水回來，她們給堂吉訶德沖洗乾淨，拿毛巾的侍女給他輕輕地擦乾。然後，四人對他深深一鞠躬，準備退出。可是公爵怕堂吉訶德發現自己遭到了戲弄，便對捧臉盆的那個侍女說道：

"你過來給我洗洗臉，別洗了一半，又沒有水了。"

那姑娘很機靈。她過來將臉盆跟剛才一樣，端到公爵的下巴下面。然後，別的姑娘又很快地

給他打上肥皂，洗淨擦乾，給公爵行了禮後退出。事後人們獲悉，公爵當時起了誓，如果她們不像跟堂吉訶德那樣給他洗，他就要處罰她們。幸好她們頭腦靈光，主客一視同仁，才彌補了這個過失。

桑丘一直專注地瞧着剛才這個盥洗的禮節，他自言自語地説：

"天哪，如果按這兒的習俗，給騎士洗了鬍子，也給侍從洗，那有多好！我正需要好好洗洗鬍子呢。要是再拿剃刀給我刮刮，那就更好了。"

"桑丘，你在嘰嘰咕咕地説些甚麼呀？"公爵夫人問道。

"我是説，夫人，"桑丘回答説，"在別的貴族老爺的府第，我聽説吃完飯後，只洗手，不用肥皂洗鬍子。看來命長一點確實有好處，長壽見識多嘛。儘管也有人説，多活多受罪，可像這樣讓人洗鬍子，不是受罪，而是享受呢。"

"桑丘朋友，你別着急，"公爵夫人説，"我會叫侍女來給你洗的。如果需要的話，還可以讓你全身泡在水裏洗個痛快。"

"我只要洗洗鬍子就夠了，"桑丘説，"至少眼下是這樣。往後怎麼着，上帝會安排的。"

"管家的，你聽着，"公爵夫人説，"你要好好照看這位桑丘朋友。他説甚麼，你要切切實實地照辦。"

管家的説，他一定聽從桑丘先生的吩咐。説完，就帶桑丘去用餐了。公爵夫婦和堂吉訶德留在餐桌邊閒聊，東拉西扯，無所不談。不過，説來説去，無非總是與行軍打仗和遊俠騎士有關的一些事情。

猛聽得府裏一片喧鬧聲，忽見桑丘怒氣沖沖地走了進來，像孩子戴圍嘴一樣圍着一塊粗麻布，後面跟着好幾個僕人 —— 其實都是廚房裏的幫工和幹雜活兒的。其中一人端着一隻盛滿水的盆子，看那水混濁不清的樣子，顯然是一盆洗過碗的髒水。端盆子的那個人緊跟着桑丘，顯出十分殷勤的樣子，硬要將盆子端到他鬍子下面，另一個幫工好像要替他洗鬍子。

"這是怎麼回事，兄弟們？"公爵夫人問道，"你們要對這位先生幹甚麼？你們怎麼不想想，他已被任命為總督了。"

準備給桑丘洗鬍子的那個幫工説：

"這位先生不讓我們按這兒的習慣給他洗鬍子，就像剛才公爵老爺和他主人洗的那樣。"

"我怎麼不想洗呢？"桑丘怒沖沖地説，"可我希望用乾淨點兒的毛巾，乾淨點兒的洗臉水，不能用這麼髒的水洗呀。我主人洗的是天使的淨水，而我洗的是魔鬼的髒水，我倆之間的差距實在太大了。無論是民間的規矩還是王公貴族家的習慣，總不能讓人覺得討厭才是。這樣洗鬍子可遭罪了，比苦行者過的日子還糟。我的鬍子並不髒，用不到他們來替我清洗。誰來替我洗，誰膽敢碰一碰我頭上的一根毛 —— 我是説我的鬍子，那就對不起了，我就給他猛擊一拳，讓我的拳頭嵌進他的腦殼裏！用這種辦法替人家洗鬍子，不是'寬待'①了客人，這是對客人的戲弄！"

① 應為"款待"。

公爵夫人見桑丘氣成這個樣子，又聽了他這番言語，差一點笑破了肚子。可是，堂吉訶德見他圍着這樣一塊又髒又黑的粗布，四周站着許多廚房裏打雜的，心裏很不舒服。他站起來先對公爵夫婦行個禮，彷彿是請他們允許自己説幾句話。隨後便沉着地對那一群圍着桑丘的人説道：

　　"喂，先生們，請你們別老是圍着他了。諸位從甚麼地方來，就請回到甚麼地方去，或者回到自己願意去的地方吧。我的侍從很乾淨。這木盆兒就像細脖子的酒盅一樣①，他是不歡迎的。請你們聽我的勸告，離開他吧。他和我一樣，都不喜歡胡鬧騰。"

　　桑丘緊接着説：

　　"別走，就讓他們來拿我這個傻瓜尋開心吧！他們要是能從我這兒撈到便宜，就好比現在是黑夜！你們拿把梳子甚麼的給我梳理一下鬍子吧，要是能梳出甚麼髒東西來，那就任他們將鬍子剪成亂七八糟的樣子。"

　　公爵夫人一邊笑，一邊説道：

　　"桑丘説的都很對，他怎麼説都有道理。就像他自己説的那樣，他確實挺乾淨，用不到進行清洗了。我們的習慣他不喜歡，那就隨他去吧。你們這幾個人辦事也實在太粗心了，甚至可以説是太冒失了。你們替這樣一個人物洗這樣的鬍子，應該用純金臉盆和水壺，還有德國毛巾嘛，怎麼把木盆、木桶和擦桌子的抹布都拿來了，這像話嗎？你們這號人真壞，太沒有教養了。你們這群無賴對遊俠騎士的侍從不懷好意，這是明擺着的。"

① 這種酒盅因口小，酒流得慢，不受飲酒人的歡迎。

想替桑丘洗臉的這批潑皮無賴，還有那個跟他們一起進來的管家，見公爵夫人在一本正經地訓斥自己，便扯下圍在桑丘胸口的那塊粗麻布，滿臉羞慚地撇下桑丘，退出客廳。桑丘認為這是一場災難，幸喜脱了險，便過去跪在公爵夫人的面前，説道：

"貴夫人恩重如山。今天的大恩我實在無法報答，只好希望自己能封為遊俠騎士，在下半輩子天天侍候尊貴的夫人。我是個莊稼人，名叫桑丘，已經結婚，有了兒女，眼下是侍從。我哪方面能為貴夫人效勞，請只管吩咐，我立即從命。"

"桑丘，看來你是進過專門培訓禮節的學校的，"公爵夫人説，"我的意思是説，你是堂吉訶德先生親自培育的。堂吉訶德為人和藹可親，最講究禮貌 —— 或者是像你説的'禮毛'。有其主必有其僕。你們倆一個是遊俠騎士的北斗星，一個是忠實侍從的啟明星。快起來吧，桑丘朋友，為了酬謝你的殷勤，我要催促我的丈夫 —— 公爵大人儘快兑現他的承諾，讓你當上總督。"

談話就到此結束。堂吉訶德睡午覺去了。公爵夫人對桑丘説，如果他不想睡午覺，可以跟她和使女們在一間涼爽的客廳裏度過整個下午。桑丘回答説，儘管他夏天有每天睡四五個小時午覺的習慣，可是，為了侍候公爵夫人，他一定硬撐着不睡。説完就走了。公爵又對家人吩咐了一番，要他們分毫不差地完全按騎士小説規定的禮節款待堂吉訶德。

8. 跟白月騎士決鬥

一天早晨，堂吉訶德全身披掛，到海邊去走走。正如他平時説的那樣，他的"服裝就是甲冑，休息就是戰鬥"，因此，每次出門，他總是披掛得整整齊齊。他突然見到一個騎士朝自己走來，此人也是披戴着全副盔甲，盾牌上畫着一個閃閃發光的月亮。那騎士走到自己説話能讓對方聽見的距離，就大聲對堂吉訶德説：

"名揚四方，有口皆碑的騎士堂吉訶德啊，我是白月騎士。你要是聽到了我那些聞所未聞的事跡，也許會想起我這個人來。我特來這兒跟你比試比試，看誰的武藝高強。我要讓你承認，我的意中人 —— 不管她是誰，要比你那個杜爾西內婭不知要漂亮多少倍。你要是乾乾脆脆地承認這一點，我就饒你性命，不跟你比試了。如果你要和我幹，那麼，我們把話説在前面。要是我贏了你，沒有別的要求，只要你放下武器，不再從事冒險活動，回到老家，老老實實在那兒待上一年。在這一年裏，你得安安穩穩地待在家裏，手連劍柄都不能碰一碰。這樣，你就能重整家業，拯救自己的靈魂。你要是贏了我，我的腦袋就由你支配，我的武器和坐騎就是你的戰利品，我劍下的戰績和名聲也都歸屬於你。你看這件事該怎麼辦，快回答我，因為今天我就要把這件事辦成。"

堂吉訶德見白月騎士那不可一世的神態和跟自己決鬥的理由都是令人難以容忍的，他一時愣住了，但他還是沉着鎮定地回答説：

"白月騎士，你的事跡我至今還沒有聽説過。我可以發誓，你壓根兒就沒有見到過名震四方的杜爾西內婭。你假如見到過她，就不會提出這樣的條件了。你要是真的見到了她，就會恍然大悟，世界上古往今來，沒有哪個美人能跟她相比的。我不想説你在撒謊，我只想説，你剛才提的要求實在不太合情理。不過，我按你提出的條件，接受你的挑戰，並且立即進行決鬥，好讓你能在今天就把這件事了結。你提的條件有一點我不能接受。你説自己輸了，就將你劍下的戰績全都歸屬於我。我不能要，因為我不知你究竟創建了甚麼樣的功績。我大大小小也創下了不少功績，有這些我也心滿意足了。現在就請你選好位置，我也要選好自己的位置。凡是上帝保佑的人，聖佩德羅就為他祝福。"

城裏有人見到那個白月騎士在和堂吉訶德講話，便去報告總督。總督以為這是堂安東尼奧或城裏的其他紳士故意安排的新玩意兒，便立即帶着堂安東尼奧和其他一些紳士趕到海邊。這時，堂吉訶德正好掉轉羅西納特的彎頭朝遠處奔走，打算回身向前衝。

總督見決鬥的雙方正準備回馬衝殺，便立即過去站在他倆的中間，問他們為甚麼這樣匆匆忙忙進行決鬥。白月騎士説是為了讓對方承認自己意中人最美。接着，他就將自己剛才對堂吉訶德説的話和對方講好的決鬥條件約略地和總督説了説。總督來到堂安東尼奧的身邊，悄聲問他認識不認識這個白月騎士，這是不是跟堂吉訶德開的一場玩笑。堂安東尼奧回答説，他既不認識這個白月騎士，也不知這場決鬥是假是真。堂安東尼奧這一答覆使總督一時舉棋不定，不知該不該准許他們進行決鬥。不過，看樣子這場決鬥不會是真的。於是，他就站到一邊，說道：

"騎士先生們，如果堂吉訶德先生和白月騎士倆各執己見，互不相讓，非要以死相拼，那就只好任憑上帝安排了，開始決鬥吧。"

白月騎士見總督依允他們進行決鬥，說了不少表示感激的言語；堂吉訶德也表示了謝意。堂吉訶德跟往常一樣，臨戰前總要虔誠地祈求上帝和心上人杜爾西內婭保佑自己。隨後，他便勒轉馬頭又朝前跑了些路，因為他見自己的對手也朝相反的方向跑去。他們這次沒有吹喇叭，也沒有藉助別的軍樂發出開始決鬥的信號，自己同時回轉馬頭衝了過來。白月騎士的馬快，他跑了全程的三分之二才與堂吉訶德相遇。他彷彿有意將長矛高高舉起，不去碰對手，但由於衝力太大，將羅西納特和堂吉訶德都撞倒了，跌得不輕。他立即過去拿矛頭對準堂吉訶德的面甲，說道：

"騎士，你被打敗了；你要是不承認我跟你挑戰時說的那些話，你就沒有命了。"

堂吉訶德摔得鼻青臉腫，頭昏眼花。他沒有撩起面甲，說起話來有氣無力，聲音彷彿從墳墓裏發出來的：

"杜爾西內婭是世界上頭號大美人，我是世界上最倒霉的騎士。我不能因自己無能而抹殺這個事實。騎士，請你將矛頭朝下刺，快結果我的性命吧，因為你已剝奪了我的名譽。"

"我絕對不會這麼幹的，"白月騎士說，"大美人杜爾西內婭小姐的美名可以千秋萬代保持下去。我只希望偉大的堂吉訶德根據決鬥前講好的條件，回老家去待一年，或待到我給他指定的時日。"

這些話總督、堂安東尼奧和其他的幾個紳士都聽見了。他們還聽堂吉訶德説，他是個説話算話的真正的騎士，只要不損害杜爾西內婭，對方提出的要求，他都能做到。

白月騎士見堂吉訶德答應了自己的要求，就撥轉馬頭，向總督鞠了一躬，緩緩地朝城裏走去。

總督叫堂安東尼奧跟隨在他身後，盡量設法弄清他的來歷。眾人扶起堂吉訶德，給他卸去面甲，見到他面似土色，汗流滿面。羅西納特摔得很重，當時都不能動彈了。桑丘非常傷心，不知該怎麼辦。在他看來，剛才這一切彷彿發生在夢裏，也可能是受魔法支配的。他見主人已經屈服，被迫同意一年之內不得動用兵器，想他的一世英名就這樣完了；他最近又在指望的種種好處，也像風中的煙霧一樣，消散得無影無蹤。他怕羅西納特會跌成殘廢，主人的骨頭會脱臼。可是，如果他主人從此治好了瘋病，倒也不是一件壞事。最後，總督吩咐用擔架將堂吉訶德抬到城裏，他自己也回去了。他很想打聽明白那個將堂吉訶德打成這樣的白月騎士到底是甚麼人。

堂安東尼奧跟着那個白月騎士，一直到了市內的一家客店裏。一路上還有許多孩子們跟着那個騎士胡鬧。堂安東尼奧為了結識這個騎士，走進了客店。客房內出來一個侍從迎接那騎士，並準備替他脱去甲冑；騎士就走進樓下一間客房。堂安東尼奧一心想弄清對方的底細，也跟着騎

士進了客房。白月騎士見這紳士緊跟着自己，就說：

"先生，我明白你的來意，你是想弄清楚我的身份。我並不打算瞞着你。利用我傭人為我脫卸盔甲這段時間，我將真實的情況原原本本地告訴你。先生，我叫參孫學士，是堂吉訶德的同鄉。和他相識的人見他老是這麼瘋瘋癲癲的，心裏非常可憐他，我更加感到不好受。我認為，他要將病治好，一定得回去好好休息。因此，我就想了這個辦法哄他回鄉。大約三個月以前，我曾扮作遊俠騎士去找他，我自稱是鏡子騎士。我決定和他打一場，打敗他，但不傷害他。決鬥前我和他講好條件：輸的要聽憑贏的發落。我估計他會輸，準備讓他回老家待一年，一年內不准出來。這期間他的病也許就會好了。誰知事與願違，他反將我打敗了，打得我跌下馬來，使我原來的打算全落空了。他還是幹他的，我跌得很慘，肋骨都跌斷了，真不好意思回去。可我並不因此就放棄了原來的打算，我還是想打倒他，打敗他，就像今天人們見到的那樣。他是嚴格遵守遊俠騎士道的規矩的，今天既已答應了我的要求，他一定會做到的。先生，我把該說的全對你說了，請你不要對外張揚，也不要將我的底細透露給堂吉訶德本人，以便實現我的妙計，讓他重新恢復理智。他只要能擺脫騎士書上那套亂七八糟的東西，就能成為頭腦健全的聰明人。"

"先生，"堂安東尼奧說，"你要是讓這個世界上最滑稽的瘋子恢復理智，那就得罪全世界的人了，願上帝饒恕你吧。先生，難道你沒有發現嗎，堂吉訶德頭腦健全時作用並不太大，可等他發起瘋來就太有意思了。我認為要想讓這樣一個徹頭徹尾的瘋子恢復理智，你這位學士先生即使費盡心機，也難以如願。也許我這話說得太殘忍了，我真希望堂吉訶德一輩子就這樣瘋下去，因為堂吉訶德的病治好了，我們不但領略不到他的風趣，也聽不到桑丘的連珠妙語了。聽了這兩人中的任何一人的話，就連愁腸百結的人也會喜笑顏開的。我猜想參孫先生的這番努力會成為泡影。不過，不管怎麼說，我一定守口如瓶，也不向堂吉訶德透露甚麼。現在就看我的猜想對不對了。"

學士回答說，這件事到目前為止，每一環節都進行得十分順利；希望能獲得成功。他向堂安東尼奧說了幾句願為他效勞之類的客氣話，就準備和他告辭動身。他將武器捆好，裝上騾背，自己騎着剛才決鬥時騎過的那匹馬，當天就順順當當地回老家去了。

堂安東尼奧將參孫學士跟自己講的情況分毫不差地講給總督聽。總督聽了，興味索然，因為堂吉訶德一回老家，眾人就無法藉助他的發瘋來取樂了。

9. 退隱回鄉

之前，在公爵夫婦的授意下，公爵府幽默風趣，很會開玩笑的總管，編導了一齣非常滑稽的戲。戲中，堂吉訶德的心上人杜爾西內婭中了魔法，魔法師梅爾林向堂吉訶德承諾，只要桑丘狠狠鞭笞自己三千三百多下，就能解除杜爾西內婭身上的魔法。桑丘當時在萬般無奈之下，只得先行打了自己五鞭。堂吉訶德受了傷，還記得桑丘沒打完。

堂吉訶德在牀上躺了六天，又氣又惱，頭腦裏一而再，再而三地想着自己被打敗的那件倒霉事。桑丘安慰他，説道：

"我的老爺啊，您要盡量抬起頭來，快樂快樂。你這次從馬上摔下來，沒有跌斷肋骨，這就該感謝上蒼了。再説，老話説，'你打他人一拳，也得捱人一掌'；'別以為有掛肉的鈎子就一定會有鹹肉'；'自己身上有甚麼病，我心裏明白，不用醫生來診治'。你身上的病也不必去找醫生，我們只要回到老家，往後不再出來獵奇冒險，你的病就好了。""住嘴，桑丘，你可知道，我這次回鄉只待一年時間。一年後，我將重新幹我那光榮的老本行。我準會征服個把王國，封你當個伯爵，應該是不成問題的吧。"

堂吉訶德和桑丘過了兩天後才走。堂吉訶德沒有穿盔甲，只穿旅途便裝，桑丘徒步相隨，因為灰驢背上馱着一捆兵器。

堂吉訶德離開巴塞羅那，回頭看了看他從馬上摔下來的那個地方，説道：

"我就在這兒摔下來的。這不是我缺乏勇氣，是我運氣不好，一世英名全都斷送在這兒了。命運在這裏捉弄了我，我的豐功偉績從此黯然失色。總之，我這次倒了大霉，就再也別想時來運轉了。"

桑丘聽了，説道：

"我的老爺啊，英雄豪傑得意時，當然應該高興；可是，倒霉的時候，也不能太難過呀。這是我自己的切身體會。我聽説命運女神是個醉醺醺的反覆無常的女人，而且還是個瞎眼，幹了些甚麼，自己也不明白。今天打倒了誰，明天又扶起了誰，這都是稀裏糊塗幹的。"

"桑丘，你這番話真富有哲理，説得太妙啦，不知是誰教給你的，"堂吉訶德説，"不過，我要對你説一句話，世界上並不存在甚麼命運。世事是好是壞，都不是隨意發生的，而是上蒼有意安排的。所以，老話説，'命運全由自己決定'。我的命運向來由自己做主。我這次粗心大意，狂妄自大，結果遭了殃。我原本應該想到，白月騎士騎的是匹好馬，羅西納特瘦骨嶙峋，怎麼能敵得過呢。可我還是冒死去拼，結果給撞下馬來。不過，我這次面子雖然丟了，但是言而有信這種品德沒有喪失，而且也不會失去的。我當初做英勇的遊俠騎士，靠敢作敢為，建功立業；現在成了步行的鄉紳，就靠説到做到保證信用。桑丘朋友，快步走吧，我們回老家苦修一年，養精蓄鋭，然後再來從事我永難忘懷的武士這一行。"

"老爺，"桑丘説，"步行可不是個滋味，怎麼能讓我成天趕路呢。我們還是將這些兵器像吊死鬼一樣掛在樹上吧。讓我兩腳離地騎在驢背上，您要我一天趕多少路都可以。您要我步行走快路，那是辦不到的。"

"桑丘，你説得對，"堂吉訶德説，"將我的兵器掛起來作紀念吧。我們在周圍的樹上或在兵器下面的樹身上像當年的羅蘭那樣刻上下面的題辭：

不是羅蘭的對手，

誰也別動這武器。"

"您説得對極了，"桑丘説，"要不是我們路上少不了羅西納特，該把牠也掛起來。"

"可是，無論是羅西納特還是兵器，我都不想掛了，"堂吉訶德説，"免得讓人説，'忠心效勞，不得好報'。"

"你説得不錯，"桑丘説，"有見識的人説，'驢子出事，不怪馱鞍'。您這件事是自己不好，只能怪自己，可不能找這副沾了血的破盔甲出氣，也不能埋怨羅西納特跑得太慢，更不能怪我這雙腳板太嫩，走得快路。"

主僕倆這樣談談説説，過了一天。接着又平平安安地過了四天。第五天早上，堂吉訶德對桑丘説："我可以告訴你，你為解脱杜爾西內婭的魔難捱了鞭子，如果想要報酬，我一定給你。只是我不清楚拿了錢捱的鞭子是不是有效，我怕它不靈。不過，我認為不妨試一試。桑丘，你計算一下，需多少錢，馬上動手打吧。打完了，可以拿現錢支付，我的錢就在你身上嘛。"

桑丘一聽主人願付報酬，眼睛睜得大大的，耳朵也伸長了一拃。只要能得到酬金，他鞭打自己也心甘情願。他對主人説：

"老爺，只要我能得到好處，你想要幹甚麼，我就幹甚麼。為了老婆孩子，我不得不貪點錢財。現在請告訴我，我打自己一鞭，您給多少錢？"

　　"桑丘，你解脫了杜爾西內婭的魔難，功德無量，就是拿威尼斯的珠寶和波多西的礦藏①，也難以報答你。你身上有多少錢，估摸一下，每鞭可以給多少，你就自己酌定吧。"

　　"我總共得打三千三百多鞭，"桑丘說，"我已打了五鞭，其餘的還沒有打。我們將那五鞭抵了零頭，就算算三千三百鞭得給多少錢吧。一鞭就算四分之一里亞爾；不能再便宜了，否則，全世界的人來逼我，我也不幹。照這麼算，是三千三百個四分之一里亞爾。三千鞭等於一千五百個二分之一里亞爾，合七百五十個里亞爾。三百鞭等於一百五十個二分之一里亞爾，合七十五個里亞爾。七十五加七百五十，總數是八百二十五里亞爾。這筆錢我就從您的錢裏扣了。我雖然結結實實地捱了一頓鞭，但回家發了一筆財，也該心滿意足了，'如想釣到鱒魚，……'②我也不多說了。"

　　"啊，可愛的桑丘，願上帝保佑你幸福！"堂吉訶德說，"我和杜爾西內婭這輩子真不知怎麼感謝你啊！她一定會恢復原形的。到那時，她的厄運就變成了好運；我呢，也轉敗為勝，結局圓滿。桑丘，該甚麼時候動手，你自己看着辦吧。你如能快點動手，早早了結，我再加一百里亞爾。"

---

① 波多西是玻利維亞西部一座山，盛產白銀。"威尼斯的珠寶"和"波多西的礦藏"在西班牙文裏已成為成語，意為"巨大的財富"。
② 西班牙諺語，接下去半句是"就得沾濕褲子"。

"你問我甚麼時候嗎？"桑丘說，"就在今天晚上，一定打！您在野地裏過夜，我一定將自己打得皮開肉綻。"

堂吉訶德像情人等待幽會一般等着天黑。他感到阿波羅的車輪子[1]好像壞了，這一天比往常的哪一天都長。好容易盼到了天晚，他們走進路邊不遠的一座陰涼的樹林裏，兩人各自下了坐騎，躺在綠草地上，拿桑丘帶來的乾糧吃了一頓晚餐。桑丘將灰驢的轡頭和韁繩擰在一起，變成一條堅韌的鞭子。隨後，跑到離主人二十來步的幾棵山毛櫸下。堂吉訶德見他一副毅然決然的神情，說道：

"朋友，得當心點，別把自己打爛了。打完幾鞭，中間要歇一下，別急着亂打，打到中間，就上氣不接下氣了。我的意思是說，你不要出手太重，免得該打的數沒有打滿，自己倒先嚥了氣。我就在這兒拿唸珠給你記數，這樣，你就不會多打少打了。你有這番好心，老天爺一定會保佑你的。"

"老話說，'肯還債的人，不惜拿東西典當'，"桑丘回答說，"我有辦法把自己打痛，卻又不會送命。我的本領就在這裏呀。"

他旋即脫去上身的衣服，抓起繩索開始抽打。堂吉訶德在一旁記數。

桑丘大約打了七八鞭，便覺得這滋味兒不好受，認為報酬定得太低了。他停下來對主人說，"我上當了，每一鞭的報酬應該是半個里亞爾，而不是四分之一里亞爾。"

"桑丘朋友，你繼續打下去吧，別泄氣，"堂吉訶德

---

① 指太陽。

説，"我把報酬給你翻一番就是了。"

"那麼，我就聽天由命了，讓鞭子像雨點一樣打下來吧！"桑丘説。

可是，這流氓並沒有拿鞭子往自己背上打，卻打在樹上，還不時地發出撕心裂肺般的呼叫聲。堂吉訶德心腸軟，他怕桑丘冒冒失失地將自己給打死了，難以實現自己的願望，就對他説：

"朋友，就打到這兒吧。這味藥太兇，不能一下子全喝下，得慢慢兒服，'薩莫拉不是立即攻下的'①。如果我沒有記錯數的話，你這次已打了一千多下，夠數了。説句俗話吧，雖説驢子能負重，太重了也馱不動呀。"

"那不行，老爺，"桑丘説，"我不能讓人説，'拿到了報酬，就像斷了手'。請您走遠點兒吧，讓我起碼再打一千鞭。我們再幹這麼兩回，也就完事了，説不定還有餘力呢。"

"你既然有這麼大的決心，"堂吉訶德説，"那就請上帝保佑你，你就打下去吧。我離你遠一點兒。"

桑丘又使勁地鞭打起來，打得好幾棵樹的樹皮都裂開了，出手真是夠狠的。他在山毛櫸樹身上猛抽一鞭，大聲地説：

"參孫豁出去了，大家同歸於盡吧！"②

---

① 西班牙諺語："薩莫拉不是立即攻下的，羅馬城不是一次建成的。"

② 《舊約全書·士師記》第十六章三十節：大力士參孫臨死前，"抱住托房的兩根柱子，説：'我情願與非利士人同死'。就盡力屈身，房子倒塌，壓住首領和房內的眾人。"

堂吉訶德聽到淒慘的呼叫聲和猛烈的鞭笞聲，趕忙前去抓住權充鞭子的那根彎彎曲曲的繩子，說道：

　　"桑丘朋友，你可不能為了滿足我的願望而送了自己的命。你得留着這條命養家糊口啊。讓杜爾西內婭再等等吧，我反正知道自己的事有希望，也就心安理得了。等你養好了身子，再完成這件大事，這樣就皆大歡喜了。"

　　"我的主人，您既然這樣説，那我就聽您的了，"桑丘説，"請您將短大衣借給我披一披吧。我剛才出了許多汗，怕着涼。初次遭鞭笞的人都有這個毛病。"

　　堂吉訶德脫下大衣讓桑丘穿上，自己只穿內衣。桑丘一直睡到太陽出來才醒。主僕倆繼續趕路，走了三西班牙里地，來到一個村莊，兩人在一家客店門前下了坐騎。堂吉訶德認得這是客店，不是有濠溝、塔樓、吊閘和吊橋的城堡。自從上次被打敗後，他頭腦清醒了不少。店主給了他一間樓下的房間。安頓下來後，堂吉訶德急不可待地説："現在請你告訴我，桑丘，今天夜裏你是不是還打算再打自己一頓呢？你願意在屋裏打，還是在露天打？"

　　"老天啊，我準備給自己打的這頓鞭子屋裏屋外打都可以，"桑丘説，"可是，我喜歡在森林裏打，因為身邊的這些樹木彷彿在陪我受罪，替我分攤身上的痛苦，這真是一樁奇事。"

　　"那就別打了，桑丘朋友，"堂吉訶德説，"這幾天你就恢復一下體力，反正後天我們就能回村，這頓鞭子回家後打吧。"

　　桑丘回答説，他可以照辦，不過，他本人希望趁熱打鐵，一鼓作氣把這頓鞭子打完了事。老話説："拖拖拉拉，危險增加"；"對上帝要祈求，對年輕人要施捨"；"許我兩件，不如給我一件"；"天空飛的老鷹，不如手中一隻小鳥"。

"桑丘，不要再說那麼多諺語了，"堂吉訶德說，"你好像又'故態復萌'了。我多次對你說過，話一定要說得簡潔明瞭，開門見山，別繞彎子。你將來自會明白我這句話的含意。"

"我也不知倒了甚麼霉了，"桑丘說，"不用諺語就說不清自己的意思，而且，哪一句我都認為挺合適。不過，往後我一定竭力改正。"

主僕間的談話就到此為止。

那天主僕倆整天待在客店裏，等待天黑。桑丘打算一到天黑就打完那頓鞭子，堂吉訶德準備看他完成鞭笞，以了卻心願。

當天夜裏，他們在幾棵山毛櫸樹下露宿，讓桑丘繼續鞭笞。桑丘仍然像前天夜裏一樣，讓樹皮替他遭災，沒有讓自己皮肉受苦。其實，他的鞭子連碰也沒有碰一下自己的背部。這時，如有一隻蒼蠅叮在背上，也趕不走。

堂吉訶德一直不知真情，他將桑丘的鞭打一鞭不少地全都記下了。加上前夜的鞭數，總共是三千零二十九鞭。太陽很早就出來了，它好像想看看桑丘怎樣鞭打自己。主僕倆一天亮就繼續趕路。那一天白天和夜晚都沒有發生值得一敍的事情。只是桑丘在當夜完成了自己的使命。對此，堂吉訶德非常滿意。他認為梅爾林的承諾準能兌現，自己的意中人杜爾西內婭定能擺脫魔難。因此，他焦急地盼着天明，想看看會不會在路上遇見她。一路上他每見到一個女人；總要走近認一認，她是不是杜爾西內婭。

堂吉訶德就懷着這樣的願望走上一座山頭，望見了自己的村莊。桑丘一見自己的故鄉，便雙膝跪地，說道：

"我日夜想念的家鄉啊，快張開眼睛看看，你的兒子桑丘回來了。他雖然沒有發大財，卻捱了一頓鞭子。請你張開雙臂，迎接自己的兒子堂吉訶德吧。他雖然敗在他人手裏，卻戰勝了自己。根據他過去對我說的話，這是一個人期望取得的最大勝利。我現在手裏有錢了！'我雖然捱了好大一頓鞭子，卻是個體體面面的騎士'①。"

"別說這些傻話了，"堂吉訶德說，"我們就直接回去吧。到了家裏，我們可以好好地想想，往後怎樣當牧人。"

說完，他們便下坡回村。

---

① 西班牙諺語。

10. 離世

他們回村後，桑丘受到妻兒的熱烈歡迎，一家人親親熱熱地回了家。堂吉訶德留在自己家裏，由外甥女和女管家照料，神父和學士做伴。他告訴他們，他打了敗仗，一年內不能離村。並說他已和桑丘商量過了，打算在這一年裏當個牧人，在田野過悠閒的日子，竭盡對心上人的相思之情。親友聽了這話，還以為他又要玩新花樣呢！

人世間事物都不是永恆的，常常經歷由興到衰乃至消亡的過程，人的生命更是如此。堂吉訶德也沒有得到老天爺的特殊照顧，讓他的生命力可以常盛不衰。連他自己也沒有想到，他一生就這樣完了。也許是他吃了敗仗，氣出病來；也許是老天爺的安排，他高燒不退，一連臥牀六天。他的好友神父、學士和理髮師都常去看望他；他的好侍從桑丘經常守候在他牀邊。

朋友們認為他打了敗仗，未能實現讓杜爾西內婭解脫魔難的心願，心情煩悶，就千方百計哄他，讓他高興高興。學士叫他振作精神，從牀上起來牧羊去，說自己做了一首牧歌，水平大大超越了撒納沙羅①寫的所有牧歌。又說自己掏錢從金塔納的牧人那兒買了兩隻牧羊犬，一隻叫巴爾西諾，另一隻叫布特隆。堂吉訶德聽了，仍然悶悶不樂。

朋友們又請了一位醫生來給他治病。醫生給堂吉訶德按了按脈，發現脈象不好，說不管怎樣，拯救他的靈魂要

---

① 哈戈勃・撒納沙羅（1458—1530）意大利詩人、小說家，《人間樂園》的作者。

緊，他的身體恐怕是不行了。堂吉訶德聽了，心裏很平靜，而女管家、外甥女和桑丘聽了，彷彿堂吉訶德已經一命嗚呼一般傷心地哭起來。醫生認為，鬱鬱寡歡、喜怒無常是他的病根子。堂吉訶德想睡一會兒，請眾人退出。他沉沉入睡，一覺就睡了六個小時。女管家和外甥女都以為他醒不過來了。他一醒來，就大聲説：

"感謝全能的上帝，賜予我這麼大的恩惠！上帝無限慈悲，人世間的罪孽全部得到寬恕。"

外甥女專心地聽她舅舅説話。她覺得舅舅的這番話比平時説得有條理，至少比病倒後説的話符合情理。她問道：

"舅舅，您説這番話是甚麼意思？我們得到甚麼恩惠了？您説的慈悲和人世間的罪孽是指甚麼？"

"外甥女，我是説，上帝對我無限慈悲，這會兒寬恕了我的罪孽。我過去整天讀那些該死的騎士書，讀得神志不清，現在又恢復了理智，心裏明亮得多了。現在明白那些書上都是胡言亂語，只恨自己醒悟太晚，沒有時間再讀一些啟示心靈的書，進行補償。外甥女啊，我覺得自己很快就要死了。我希望死時，心裏清楚，免得讓人家説自己糊塗一生，到死還是個瘋子。我過去雖發過瘋，但不願臨終時還神志不清。孩子，快去把神父、參孫學士和理髮師叫到這兒來，我要進行懺悔，還要立遺囑。"

外甥女不必去請那三個人了，因為這時他們正好進屋。堂吉訶德一見到他們，就説：

"好先生們，告訴你們一個好消息：我現在不是堂吉訶德了，我是吉哈諾，外號人稱'善心人'。我現在恨透了阿馬蒂斯和他的子子孫孫，那些無聊的遊俠騎士小說我全都感到討厭；我也明白，過去閱讀這些書，實在是件蠢事，是件非常有害的事。多虧上帝大發慈悲，我頭腦清醒了，對這些書無比厭惡。"

神父等三人聽了這番話，以為他又得了新的瘋病。

"堂吉訶德先生，我們聽說杜爾西內婭小姐已解脫了魔難，您怎麼又說這樣的話呢？再說，我們馬上就要去當牧人了，像公子王孫那樣唱着小曲過日子，您怎麼又想去當隱士了呢？請您別那樣說了，快清醒清醒頭腦，別胡言亂語了。"

"那些胡說八道的書真是害了我一輩子，"堂吉訶德說，"但願老天爺幫忙，在我臨死前，由受害人變為得益者。先生們，我感到自己已命在旦夕，請不要再開玩笑了。快給我請個神父來讓我懺悔，再請個公證人來替我寫遺囑吧。在臨終的時刻，可不能拿自己的靈魂當兒戲。我請求你們在神父先生聽我懺悔的時候，快去請個公證人來。"

聽了堂吉訶德的話，眾人面面相覷，雖然似信非信，卻也得當真事對待。他的頭腦突然變得這麼清醒，看來這是回光返照。他還說了許多又有見地又合乎基督教教義的話，而且說得條理非常清楚。眾人終於確信，堂吉訶德已經不瘋了。

神父請眾人退出，他一人聽堂吉訶德懺悔。

學士出去找了一個公證人，還帶着桑丘一起回來了。桑丘已從學士那兒了解到主人的病情，進屋裏又見女管家和外甥女眼淚汪汪的，自己也禁不住抽抽噎噎地哭了起來。懺悔完畢，神父走出房間，說道：

"善心人吉哈諾不行了。不過，他的神志確實很清醒。我們進去吧，他要立遺囑呢。"

女管家、外甥女和那個好侍從桑丘聽了，眼眶中的淚水再也抑制不住，立即嘩嘩地淌了下來。上面已有交代，堂吉訶德這個人，不論是現在的善心人吉哈諾，還是過去的堂吉訶德，向來生性平和，為人厚道，待人和氣，不僅家裏人喜歡他，而且所有認識他的人也都對他有好感。

公證人跟着大家一起進入堂吉訶德的臥室，先寫好遺

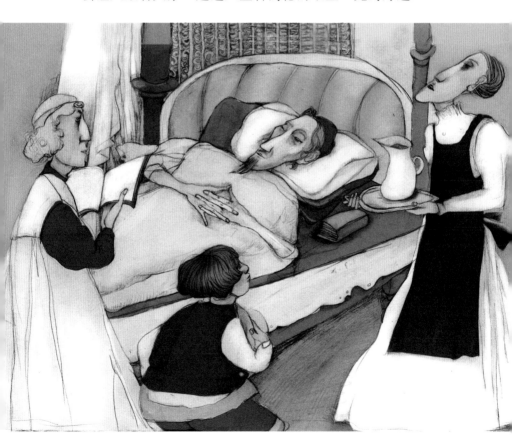

囑開頭的程式。堂吉訶德按照基督教的規矩，祈求上帝保佑自己的靈魂；然後，才開始談遺產的事。他說：

"第一條，桑丘在我發瘋期間當過我的侍從，我曾有一筆錢託他掌管。我們兩人之間你欠我，我該他，還有一些沒有結清的賬目。現在我正式宣佈，這筆錢他不必還了，也不用他交代賬目，扣除我該他的那部分，餘款全歸他所有。餘款雖不多，但願對他有用處。我發瘋的時候，曾經設法讓他當過總督；眼下我神志清醒，如有可能，我還會讓他當國王。他為人樸實，忠心耿耿，理該這樣。"

他回頭對桑丘說道：

"朋友，我原來錯誤地認為，世界上歷來都有遊俠騎士。我把這個錯誤的看法傳給了你，害得你也像我一樣，幹了一些瘋傻事。真對不起，請你原諒。"

"啊呀，我的老爺啊，"桑丘哭叫着說，"您不能死呀！你聽我一句話，要長命百歲！一個人好端端的，又沒有別人殺害他，就這麼無緣無故地傷心死了，真是太傻了。您別懶在牀上，快起來，我們就照原先商量好的那樣穿上牧人的衣衫，上山野裏去，說不定還會在灌木叢的後面遇到已解脫了魔難的杜爾西內婭小姐呢，她的模樣漂亮極了。如果您由於吃了敗仗、心裏氣不過，那就怪在我身上好了，因為我沒有將羅西納特的肚帶繫好，害您跌下馬來。再說，您在書上一定也讀到過，騎士打仗，有勝有敗，今天打敗了，明天又會獲勝的。"

"是呀，"參孫說，"桑丘說得非常正確。"

"先生們，你們聽我慢慢說，"堂吉訶德說道，"常言道，'去年的舊巢，早沒有飛鳥'。過去我是瘋子。現在頭腦清楚了；以前我叫堂吉訶德，現在我已説過，我是善心人吉哈諾。希望諸位考慮到我進行了真誠的懺悔，還像從前那樣尊重我。現在請公證人先生繼續寫遺囑吧。

"第二條，我全部家產，除去我已明確規定要支付的款項外，全都歸在場的外甥女安東尼婭繼承。首先，應付清女管家歷年的工錢；另外，再給她二十杜卡多，讓她做套衣服。我請在場的神父先生和參孫學士先生充當遺囑的執行人。第三條，我外甥女安東尼婭如想結婚，得嫁個對騎士書一無所知的男人；如查明他讀過騎士書，而我外甥女還想與他結婚，並確實嫁給了他，那麼，我的全部遺產她就得放棄，由遺囑執行人轉贈給慈善機構。"

口授完遺囑，堂吉訶德就昏了過去，直挺挺地躺在牀上。眾人手忙腳亂地趕緊搶救。寫完遺囑，他還活了三天，昏厥了好多次。家裏亂哄哄的。不過，外甥女和女管家照樣吃喝，桑丘也照樣説笑話，因為繼承遺產能抵銷或減少遭逢死喪的痛苦。

堂吉訶德完成了臨終聖事①，又狠狠地咒罵了一番騎士小説後，終於走到了人生的盡頭。公證人還在場，他説，他從來沒有在騎士書中讀過有哪位騎士臨終時像堂吉訶德那麼安詳、虔誠的。堂吉訶德終於在親友們的一片哭泣聲中嚥了氣。

---

① 一般指懺悔、領聖餐、塗聖油等。

聰明傻瓜與愚笨智者： 堂吉訶德與桑丘

　　《堂吉訶德》一書自出版來，就深受讀者追捧，尤其是青少年。這是和書中堂吉訶德與桑丘這一對矛盾、經典的人物分不開的。

　　書中的堂吉訶德是一位飽讀詩書，尤其是騎士小說的紳士。天文地理，文學歷史……，無所不知。在談到騎士以外的話題時，也不乏哲思和獨到的見解。如"只有幹得比別人多，得到的才能超過他人。"、"不管好事壞事不可能歷久不變，因此厄運交久，好運就在眼前。"、"僕人越體面，越有教養，主人的臉面越好看。"、"言多必失"、"話說出口之前，要先好好想一想"等等。又如，公爵府的教士指責堂吉訶德是"糊塗蟲"、"傻瓜"時，堂吉訶德憤然反擊的那一番言行，有理、有利、有節，不僅表明了自己高遠的志向，而且顯示了對教士的不屑與輕蔑。思維、邏輯之清晰嚴密，不得不讓人歎為智者。然而，這個智者又的確時常想、說、幹些騎士方面的傻事。如：他讀騎士書無數，卻想在有生之年，將書中騎士們做過的事都做一遍；又如，他把風車、酒袋當巨人，以羊群為軍隊，以磨房工人為妖怪，並煞有其事地與之大戰；被公爵及其僕人戲弄，還自以為是在享受高規格的騎士待遇。一幕一幕，無不令人捧腹。在人們眼裏，此時的堂吉訶德無疑又是一個瘋子、傻瓜。

書中的桑丘也是如此。他本為一字不識的農民，所以常説一些錯別字，如把"赤道線"説成是"赤豆線"，把"宇宙學家"説成是"芋頭學家"，無知無畏兼"土氣"，時常讓人們忍俊不禁。是個常人都可以看出堂吉訶德的歷險是瘋子行為，而他居然相信"海島總督"之類的鬼話，並拋妻棄子隨堂吉訶德外出遊俠，可見他愚鈍到甚麼地步。然而，正是這樣一個人，在堂吉訶德發瘋犯傻時，他又總能認清事實真相，並予以糾正；在堂吉訶德捱打遭罪之時，他又總能置身事外，僅作壁上觀；在堂吉訶德不食不飲不睡時，他又總能盡情享受酒食和睡眠，享受生活的樂趣。相比於"苦行僧"堂吉訶德，他又的確能算得上是一個聰明的現實主義者。

總體説來，堂吉訶德偏重理想追求，桑丘偏重實際生活，二人始終互相關聯又相互襯托。這不禁讓讀者聯想到人的精神和物質層面，聯想到個體自身存在的矛盾和對立。德國詩人海涅就曾説過，堂吉訶德和桑丘合起來才是小説的真正主人公。

趣味重溫（2）

一、你明白嗎？

1. 試把堂吉訶德 "魔法船" 歷險中的事物跟原本的真實事物連線配對，並選擇判斷堂吉訶德歷險的實質。

（登上）魔船	（看見）城堡	（大戰）白臉妖怪	（致歉）城堡囚徒
磨房工人	磨麥子的人	漁船	水磨房

由上可見，對堂吉訶德的 "歷險" 最確切的說法是 _____

a. 騎士的歷險   b. 胡鬧

c. 自討苦吃   d. 瘋子言行

2. 明知騎士時代已經不在，明知堂吉訶德是一個瘋子，公爵夫婦為何還要以所謂的古代騎士禮遇來對待他和他的侍從桑丘？

a. 受堂吉訶德的朋友所託   b. 貴族階層尋開心

c. 成就他們喜歡的騎士小說   d. 敬重騎士

3. 堂吉訶德終於明白自己歷險的實質是在 _____，他做了除 _____ 外的事。

a. 臨終時

b. 被白月騎士打敗在牀上躺了六天後

c. 被請到公爵府時

d. 發現桑丘鞭打山毛櫸樹騙取自己的錢財時

A. 狠狠咒罵騎士小說。

B. 掛起兵器，燒毀所有的騎士書。

C. 明文規定外甥女的丈夫必須對騎士書一無所知。

D. 懺悔並立遺囑。

二、想深一層

1. 堂吉訶德的"騎士"生涯終結者是 _____，因為他針對堂吉訶德運用
   了秘密武器 _____。

   a. 理髮師　　　　　　　b. 神父

   c. 同鄉學士參孫　　　　d. 公爵的僕人們

   A. 寶馬　　　　　　　　B. 騎士道規矩

   C. 嘲弄　　　　　　　　D. 月亮盾牌

2. 下列人物中 _____ 最不希望堂吉訶德治好瘋病？因為他們 _____。

   a. 外甥女和僕人　　　　b. 桑丘夫婦

   c. 公爵夫婦　　　　　　d. 《堂吉訶德》的作者

   A. 想騙取更多的錢財　　B. 想佔有並肆意揮霍堂吉訶德的財產

   C. 想成就自己的名著　　D. 不想失去一組很好的娛樂對象

3. 根據堂吉訶德與桑丘的下列對話，分析人物的身份和性格特徵。選擇
   恰當的選項填空。

   1）當堂吉訶德和桑丘乘坐的漁船離岸還不到五巴拉時，堂吉訶德說：
   "不過，我認為平分南北兩極的赤道線可能已經過了，也可能快到
   了。我如果估計不準，就算是個無知無識的人。"

   "我們到了您剛才說的'赤豆線'，"桑丘說，"一共走了多少路了？"

"這路走得可多了，"堂吉訶德説，"根據最偉大的宇宙學家托勒密的計算，由水面和陸地兩部分構成的地球共分三百六十度。我們到了赤道線，正好走了一半。"

"天哪，您還找了個名人來為您剛才的話作證，他還是個'芋頭學家'，叫甚麼'密'的。"桑丘説。

由上可見，堂吉訶德 ＿＿＿＿，桑丘 ＿＿＿＿。桑丘的 ＿＿＿＿ 出身昭然若揭。

a. 知識豐富，知識匱乏　　　b. 嚴謹，幽默

c. 自以為是，好學好問　　　d. 自信，謙虛

A. 白字先生　　　　　　　　B. 農民

C. 文盲　　　　　　　　　　D. 植物學家

2) 堂吉訶德離開時，回頭看了看他從馬上摔下來的那個地方，説道："我就在這兒摔下來的。這不是我缺乏勇氣，是我運氣不好，一世英名全都斷送在這兒了。命運在這裏捉弄了我，我的豐功偉績從此黯然失色。總之，我這次倒了大霉，就再也別想時來運轉了。"

桑丘聽了，説道："我的老爺啊，英雄豪傑得意時，當然應該高興；可是，倒霉的時候，也不能太難過呀。這是我自己的切身體會。我聽説命運女神是個醉醺醺的反覆無常的女人，而且還是個瞎眼，幹了些甚麼，自己也不明白。今天打倒了誰，明天又扶起了誰，這都是稀裏糊塗幹的。"

由上可以看出，對於打了敗仗這件事，堂吉訶德和桑丘二人態度決然不同，前者 ＿＿＿＿，後者 ＿＿＿＿。桑丘第三句話的言下之意是 ＿＿＿＿。

a. 理性，茫然   b. 悲觀，樂觀

c. 宿命，理智   d. 消極，茫然

A. 堂吉訶德被打敗，純屬運氣不好。

B. 說不定哪天堂吉訶德就時來運轉了。

C. 因為命運女神是個醉醺醺、反覆無常的女瞎子，所以希望堂吉訶德原諒她。

D. 敗在了命運女神的手上，那是沒有辦法的事。

三、延伸思考

堂吉訶德極度迷戀騎士小說，以致親身模仿。但騎士時代早已過去，他還要以古代騎士崇高的理想為理想，奮不顧身地上演一幕幕令人捧腹的鬧劇，直至臨終才清醒過來。堂吉訶德是沒有理智的瘋子，還是充滿浪漫的夢想家？你怎麼看待他的人生悲喜劇，有怎樣的啟示？

參考答案

趣味重溫（1）

一、你明白嗎？

1.

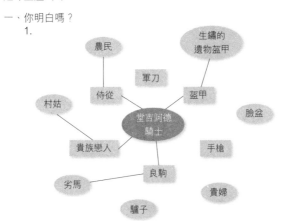

2. c

3. a（✔）b（✘）c（✘）d（✘）

二、想深一層

1.

言行	性格特點
相信堂吉訶德"海島總督"的承諾，拋家棄子跟隨堂吉訶德外出遊俠。	耽於物質享受
當堂吉訶德把風車當巨人時，桑丘說，"那不是巨人，是風車，那些像胳膊一樣的東西是風車的翅膀。"	膽小怕事
桑丘在驢背上盡量坐得舒服些，然後，從褡褳裏取出食物，邊走邊吃，還不時地拿起皮酒袋喝酒。	狡黠
當堂吉訶德遭到牧羊人的石頭攻擊時，桑丘一直站在一座小山上觀望。見堂吉訶德倒地，牧羊人已遠離，桑丘才走下山來，來到主人身邊。	愚鈍
當堂吉訶德發現是桑丘把奶酪盛在頭盔裏，弄了他一身時，桑丘又假裝若無其事，並栽贓給魔鬼，說是魔鬼陷害，目的是挑撥主僕關係。	現實清醒

2. b, g

三、延伸思考（此部分不設答案，讀者可自由回答。）

趣味重溫（2）

一、你明白嗎？

1.

（登上）魔船	（看見）城堡	（大戰）白臉妖怪	（致歉）城堡囚徒
磨房工人	磨麥子的人	漁船	水磨房

    d

2. b

3. a, B

二、想深一層

1. c, B

2. c, D

3. 1) a, B

   2) b, B

三、延伸思考（此部分不設答案，讀者可自由回答。）

商務印書館 讀者回饋咭

　　請詳細填寫下列各項資料，傳真至2565 1113，以便寄上本館門市優惠券，憑券前往商務印書館本港各大門市購書，可獲折扣優惠。

所購本館出版之書籍：＿＿＿＿＿＿＿＿＿＿＿＿＿＿＿＿＿＿＿

購書地點：＿＿＿＿＿＿＿＿＿＿＿　姓名：＿＿＿＿＿＿＿＿＿＿＿

通訊地址：＿＿＿＿＿＿＿＿＿＿＿＿＿＿＿＿＿＿＿＿＿＿＿＿

電話：＿＿＿＿＿＿＿＿＿＿＿　傳真：＿＿＿＿＿＿＿＿＿＿＿

電郵：＿＿＿＿＿＿＿＿＿＿＿＿＿＿＿＿＿＿＿＿＿＿＿＿＿

您是否想透過電郵或傳真收到商務新書資訊？　1□是　2□否

性別：1□男　2□女

出生年份：＿＿＿＿＿年

學歷：1□小學或以下　2□中學　3□預科　4□大專　5□研究院

每月家庭總收入：1□HK$6,000以下　2□HK$6,000-9,999
　　　　　　　　3□HK$10,000-14,999　4□HK$15,000-24,999
　　　　　　　　5□HK$25,000-34,999　6□HK$35,000或以上

子女人數（只適用於有子女人士）　1□1-2個　2□3-4個　3□5個以上

子女年齡（可多於一個選擇）　1□12歲以下　2□12-17歲　3□18歲以上

職業：1□僱主　2□經理級　3□專業人士　4□白領　5□藍領　6□教師　7□學生
　　　8□主婦　9□其他

最多前往的書店：＿＿＿＿＿＿＿＿＿＿＿＿＿＿＿＿＿＿＿＿＿

每月往書店次數：1□1次或以下　2□2-4次　3□5-7次　4□8次或以上

每月購書量：1□1本或以下　2□2-4本　3□5-7本　2□8本或以上

每月購書消費：1□HK$50以下　2□HK$50-199　3□HK$200-499　4□HK$500-999
　　　　　　　5□HK$1,000或以上

您從哪裏得知本書：1□書店　2□報章或雜誌廣告　3□電台　4□電視　5□書評/書介
　　　　　　　　　6□親友介紹　7□商務文化網站　8□其他（請註明：＿＿＿＿＿＿）

您對本書內容的意見：＿＿＿＿＿＿＿＿＿＿＿＿＿＿＿＿＿＿＿

───────────────────────────────

您有否進行過網上購書？　1□有　2□否

您有否瀏覽過商務出版網（網址：http://www.commercialpress.com.hk）？1□有　2□否

您希望本公司能加強出版的書籍：1□辭書　2□外語書籍　3□文學/語言　4□歷史文化
　　　　5□自然科學　6□社會科學　7□醫學衛生　8□財經書籍　9□管理書籍
　　　　10□兒童書籍　11□流行書　12□其他（請註明：＿＿＿＿＿＿＿）

根據個人資料「私隱」條例，讀者有權查閱及更改其個人資料。讀者如須查閱或更改其個人資料，請來函本館，信封上請註明「讀者回饋咭-更改個人資料」

請貼
郵票

香港筲箕灣
耀興道3號
東滙廣場8樓
商務印書館（香港）有限公司
顧客服務部收